Lotta und der Baum der Wünsche

AF236381

Eva Tropschug

Lotta und der Baum der Wünsche

Romantischer Adventskalender

Impressum

Bibliografische Information der Deutschen Nationalbibliothek:
Die Deutsche Nationalbibliothek verzeichnet diese Publikation in der Deutschen Nationalbibliografie; detaillierte bibliografische Daten sind im Internet über http://dnb.dnb.de abrufbar.

Lektorat: Anissa Schmidt-Mößinger

Coverbild mit Unterstützung von Emina Tropschug

Herstellung und Verlag: BoD – Books on Demand, Norderstedt

ISBN: 9783755777946

Für Andreas, Beate, Elke, Julia, Roland, Selver, Tamara und Valeria.

Weil es schön ist, dass es Euch in meinem Leben gibt.

Danke, dass Ihr mit mir das ein oder andere Abenteuer Eures Lebens teilt.

Anleitung:

Lieber Leser,

dieser literarische Adventskalender funktioniert wie folgt:

Überschrift checken.

Damit Du vor lauter Lesefreude nicht den Rest vergisst, der im Advent zu erledigen ist, gibt Dir der kursive Satz unter der Überschrift wichtige Hinweise, was an dem Tag noch zu erledigen ist. Nach 24 Tagen bist Du perfekt für Weihnachten vorbereitet.

Heißgetränk zubereiten. Schoki bereit legen. Es ist sehr wichtig, diesen Teil zu befolgen, denn nur so kannst Du Deinen gestressten Adventszeitgemütszustand erfreuen.

QR Code des Kapitels scannen oder Übertitelung dazu im Internet suchen. Um das Lesevergnügen nicht zu trüben, empfehle ich Dir, die Werbung schon vor Lesebeginn zu überspringen und das Stück auf Pause gesetzt bereit zu halten. Es kann natürlich sein, dass das von mir ausgesuchte Stück online nicht mehr zu finden ist, in dem Fall musst Du eben an Hand der Überschrift eine andere Variante im Internet suchen.

Für die richtige Stimmung während des Lesens: Musik des QR Codes an der ***fettgedruckten Textstelle** abspielen. Und den Gedanken nachhängen, bis das Stück zu Ende ist.

Ich wünsche Dir viel Spaß beim multimedialen Leseerlebnis und eine schöne Adventszeit.

Kapitel 1: Hummelflug Göttinger Symphonieorchester

Check 1: Geschenkeliste anlegen – zumindest mal die Namen der zu Beschenkenden aufschreiben. Baum besorgen.

Etwas kratzt und schabt am Fensterbrett. Lotta schrickt aus ihrem Traum hoch. „Was war das?" Die laue, rosenduftende Sommerluft strömt friedlich-unschuldig und sanft durch das halb offene Fenster.  Hat sie sich getäuscht? Nein, da ist es wieder. Das Schaben. Das Kratzen. Das Rascheln der Rosenblätter. Das Spalier vor dem Fenster knackt und knarzt unter dem Gewicht seines nächtlichen Bezwingers. Da kommt eine Hand über das Fensterbrett. Die langgliedrigen Finger tasten spinnengleich nach dem Fensterrahmen. Langsam und vorsichtig schieben sie das Fenster weiter auf. Zentimeter für Zentimeter. So, dass es sein verräterisches Quietschen nicht laut ausstößt sondern nur sanft-gruselig vor sich hin summt. Die dünnen, mintgrünen Chiffonvorhänge flattern im Sommerwind. Lotta kann nicht erkennen, wer dahinter an der Hauswand klebt und gerade versucht, in ihr Schlafzimmer einzudringen.

Trotz der lauen Sommernachtluft die hereinströmt, beginnt Lotta zu frösteln. Sie zieht die Decke bis an die Nase. Ihr Herz rast. Ihre Halsschlagader fühlt sich an, als würde sie gleich platzen. Vielleicht kann sie mit ihrer zierlichen Figur ja unter der dicken Daunenbettdecke unsichtbar werden? Wenn sie sich ganz dünn macht. Und leise weiter nach unten rutscht? Aber was macht sie mit den langen, braunen Haaren? Die bleiben dann verräterisch auf ihrem zitronengelben Kopfkissen liegen.

Schlafend stellen! Ja, am besten stellt sie sich schlafend. Durch einen super schmalen Schlitz ihrer Lider versucht sie noch einen kleinen Rest dessen, was sich dort am Fenster abspielt, beobachten zu können.

Langsam erscheint ein wuscheliger Kopf mit Kurzhaarschnitt im Mondlicht. Der Kopf und Oberkörper senken sich schlangengleich zum Zimmerboden herab. Rollen elegant- leise herein während die Beine grazil hinterher gleiten.

Luca. Das ist bestimmt Luca mit den unbezähmbaren roten Locken. Nur Luca ist so verrückt, mitten in der Nacht durch ihr Fenster zu steigen. Lotta entspannt sich wieder und versucht lässig-cool zu bleiben. * **Verdammt. Jetzt rast ihr Herz noch schneller, als gerade eben! Wilder, als in dem Moment, in dem sie dachte, da käme ein Einbrecher das alte, knarrende Rosenspalier emporgeklettert.**

Sie atmet ganz langsam tief ein und aus, aber wie immer, wenn sie Luca unerwartet begegnet, brummt und summt ihr Herz als

wäre ein ganzer Bienenstock darin verrückt geworden. So verräterisch-schnell pumpt dieses treulose Ding in ihrer Brust dann das Blut durch ihren Körper, dass es ihr jedes Mal einen zart-rosa Teint auf die Wangen zaubert. Hoffentlich beruhigt sie sich gleich wieder. Niemand, vor allem nicht Luca, soll wissen, wie verliebt sie ist.

Ja, da steht Luca. Schnaufend und leicht überdreht, mitten in ihrem Schlafzimmer. Richtet nochmal den Pulli. Zieht die, immer von der Hüfte rutschende, Hose hoch. Pflückt ein paar Rosenblätter aus dem Wuschelhaar.

„Lotta. Lotta bist du wach?" flüstert es eindringlich durch das fahl-silberne Mondlicht.

Lotta schielt weiter nur leicht unter den Augenlidern hervor, so, dass sie aussieht, als würde sie schlafen.

Das Mondlicht zaubert einen verheißungsvollen Glanz um die sportliche Silhouette, die vor dem nachtschwarzen Fenster steht. Dieses überirdische, grazile Wesen landete gerade hier direkt vor ihrem Bett. Und was hat Lotta heute Nacht an? Ein altes, zerlöchertes Sportshirt und eine zurückgelassene Boxershorts ihres Exfreundes, der sie vor zwei Wochen hat sitzen lassen. Warum legt sie sich auch nie in halbdurchsichtigen Negligés zu Bett? Sie würde gerade am liebsten einen Sirenengesang anstimmen, ihre Bettdecke zur Seite schlagen und in verführerischen Dessous und topgestylt dieses außerirdisch-schöne Wesen, welches nur für sie geschaffen wurde, zu sich hineinlocken. Die Decke über diesem durchtrainierten, von den Chiffonvorhängen zart-zerbrechlich umspielten Körper wieder zuschlagen, und es an ihre eigene, seidenweich-schlafwarme Alabasterhaut schmiegen. Solange, bis dieses perfekte Wesen die Welt um sie beide herum vergisst und sich in ihr verliert.

Das hilft ihr jetzt nicht wirklich, um den aufgeregten Herzschlag unter Kontrolle zu bringen.

Luca schleicht auf Zehenspitzen zum Bett hinüber und stupst Lotta vorsichtig an der Schulter.

Lotta saugt sehnsuchtsvoll den erotisch-berauschenden Duft von Luca ein und dreht sich unverständlich brummelnd und gespielt schlaftrunken zur anderen Seite. Lucas Hosenbeine müssen auf dem Weg zum Rosenspalier an den Lavendelblüten entlanggestreift sein. Dieser beruhigend-blumige Duft ergänzt sich gut mit dem sportlichen Parfüm.

Es gefällt Luca bestimmt, wenn sie die Schlafende spielt, die überhaupt nicht gehört hat, wie da jemand katzengleich das Rosenspalier hochkletterte und in ihr Zimmer schlüpfte.

„Lotta. Lotta wach auf!" Das Stupsen wird fordernder.

Lotta bleibt regungslos mit geschlossenen Augen liegen. Wie gerne würde sie Luca jetzt einfach zu sich ins Bett ziehen und alle Vorsicht fallen lassen. An dieser duftenden-sinnlichen Haut schnuppern. Ihre Finger in den roten, störrischen Haaren versenken. Luca an sich ziehen und endlich, endlich küssen. Aber das geht nicht. Sie sind Freunde. Beste Freunde. Immer füreinander da. Das kann sie einfach nicht riskieren. Luca sieht sie nicht so. Luca sieht sie als guten Kumpel, nicht als Liebhaberin.

Lucas Hände schieben sich kühl und frech unter die Decke und fangen an, Lotta leicht an der Taille zu kitzeln. „Luca, hör auf." kichert sie ins Kissen und packt diese krabbelnden Finger, die sie am liebsten nie mehr loslassen würde. „Ich weck noch meine Eltern. Du weißt, dass sie mich nur widerwillig haben hier wieder einziehen lassen."

Zu ihrem Bedauern, ziehen die Hände sich sofort wieder zurück, anstatt auf ihrem flachen Bauch unter das Shirt zu gleiten und eine Erkundungstour zu unternehmen.

Lotta dreht sich langsam wieder um. Dieses Desinteresse war ernüchternd genug, um die erregt-geröteten Wangen zu normalisieren.

„Was 'n los, Schnucki? Lass mich schlafen. Ich brauch meinen Schönheitsschlaf." Sie blickt müde in diese tiefgrünen Nymphenaugen, die seit zehn Jahren die Welt für sie bedeuten, aber nichts davon wissen.

„Lotta, Süße, steh auf! Du bist hübsch genug. Kein Mann, der deinem Charme und Aussehen widerstehen könnte wurde bislang in diesem Universum geboren. Dich verlassende Typen müssen blinde Volltrottel sein. Steh auf. Wir müssen los. Komm schon. Zieh dich an!"

Lotta seufzt. Aus der Nummer kommt sie wohl einfach nicht mehr raus. Sie langt an Luca vorbei zu ihrem Bücherregal und schaut auf den Wecker. Es ist vier Uhr morgens. Aber Luca hat schon - wie immer - diese flott-erfrischenden Aufmunterungssprüche im Gepäck.

„Wohin? Es ist doch noch mitten in der Nacht. Ich muss erst in vier Stunden ins Büro und für einen „Dein Ex ist ein Arsch"-Spaziergang ist es mir jetzt auch viel zu früh."

„Ja, deswegen müssen wir jetzt los. Weil es jetzt jedem für alles zu früh ist. Wir müssen jetzt los, damit uns keiner sieht. Auf. Komm schon. Richtig gute Abenteuer beginnen immer zu unmöglichen Uhrzeiten!"

„Du sprichst in Rätseln, oh Gandalf. Da ich ja jetzt eh schon wach bin, kann ich mich deinen Wünschen auch fügen, bevor du mir hier noch eine Stunde lang den Hampelmann machst."

Lotta schwingt die Beine aus dem Bett und will sich den Morgenmantel anziehen um einen Kaffee in der Küche aufzusetzen.

Luca zieht ihr den Mantel weg und wirft ihr Jeans und Top hin.

„Los, wir müssen sofort aufbrechen. Nix mehr Kaffee. Noch bevor die Sonne aufgeht will ich aus dem Ort raus sein. Wir müssen hoch in den Norden. Wir müssen zum Baum der Wünsche."

Jetzt ist Lotta tatsächlich schlagartig hellwach. Zum Baum der Wünsche? An den glaubt doch niemand mehr. Eine alte Kindergeschichte. Und überhaupt, wo soll das Ding stehen? Soll sie jetzt ernsthaft bis zum Nordpol reisen?

„Zum Baum der Wünsche. Okay. Und wie gedenkst du dorthin zu gelangen?"

„Zu Fuß natürlich. Das ist eine wichtige Mission, wir müssen einen Wunsch austauschen. So eine Sache, die kann man nur zu Fuß machen, mit nichts als der Kleidung auf dem Leibe. Alles andere wäre geschummelt. Nur so wird es funktionieren."

„Du verarscht mich doch. Wir sollen einen Wunsch austauschen? Luca, tickst du noch ganz richtig? Soll ich vielleicht lieber mal einen Arzt anrufen? Seit wann glaubst du denn an den Baum der Wünsche?"

„Seit heute Nacht."

Kapitel 2: Lang Lang – Bach: The Well-Tempered Clavier: Book 1, 1. Prelude C Major, BWV 846

Check 2: Überlegen, wer ein Geschenk per Schiff aus Fernost bekommt – diese Sachen im Internet finden und auf die Merkliste setzen.

Lotta ergibt sich in ihr Schicksal. Wenn Luca sich etwas in den Kopf gesetzt hat, dann gibt es kein entkommen mehr. Also kann sie sich auch gleich kampflos ergeben. Willenlos dem Wahnsinn folgen.
Es wär auch nicht das erste Mal, dass Luca voller Enthusiasmus etwas beginnt und dann auf dem Weg dorthin die Lust verliert. Die Faulheit obsiegt am Ende immer. Was soll's, dann gehen sie jetzt eben um vier Uhr morgens los auf eine kleine Wanderung. Sie wird ihren Eltern eine Notiz da lassen, dass Luca mal wieder etwas total Dummes in den Kopf geschossen ist. Dass sie bitte im Büro Bescheid geben sollen, da sie erst morgen wieder kommen wird.

Die Leute kennen ja Luca und all die spontanen Schnapsideen schon zur Genüge. Sie wohnen hier im Dorf der Dörfer. Da wundert sich keiner, wenn sie, als beste Freundin, ab und zu spontan verschwindet.

„Irgendwer muss ja auf Luca aufpassen",
tuschelten die Omas früher immer nickend über
ihre Gartenzäune, wenn sie beide wieder zu einer
äußerst geheim-gefährlichen Mission in den Wald
aufbrachen. Luca Abenteuerlustig und Lotta
Haltzurück.

Einen Tag im Freien wandern, das wird ihr mal
wieder richtig gut tun. Einen Tag komplett allein
mit Luca, statt acht Stunden im stickigen Büro
mit diesem schleimigen Kollegen, der sie
permanent anbaggert. Warum sollte sie da nicht
dieser hirnrissigen Idee mitmachen und den
Baum der Wünsche suchen gehen? Spätestens
mittags sind sie bestimmt wieder auf dem Weg
nach Hause. Luca wird mosern, dass es viel zu
heiß ist. Dass die Füße wehtun. Dass der Hunger
unerträglich ist. Dann drehen sie um und der
Wunsch ist nicht mehr so wichtig, als dass man
dafür zwei Wochen durchs Land streifen müsste.

„Okay, ich komm mit. Aber vorher erklärst du
mir, warum du plötzlich an den Baum glaubst
und was genau der Plan ist."

„Geh und schau aus dem Fenster."

*** Lotta steht auf und geht zum offenen
Fenster. Sie traut ihren Augen nicht. Reibt sie
noch einmal. Schaut wieder. Sie streckt die
Hand zum Fenster hinaus. Ja, das ist Schnee.
Mitten im Spätsommer fällt Schnee. Richtig
große, dicke Flocken. Der ganze Boden ist
schon bedeckt. Bestimmt zehn Zentimeter
kamen da schon runter. Und dieser Schnee ist**

grün. Vor ihrem Fenster breitet sich eine winterlich-dörfliche Version der oz'schen Smaragdstadt aus. Eine grün-glitzernde Welt, die im silbernen Mondlicht mit den Sternen um die Wette funkelt.

„Probier eine Hand voll." fordert Luca sie mit einladender Geste auf. „Nur zu, bedien dich."

Sie streift einen Finger Schnee vom Rosenspalier, leckt vorsichtig daran und steckt sich den Rest begeistert in den Mund. „Mmhhh. Schmeckt nach Waldmeistereis." Sie holt sich direkt noch eine große Portion, formt sie zu einer Kugel und schleckt genüsslich daran.

Luca steht neben ihr, die Hände entschlossen in die Hüften gestemmt. „Das ist mein Wunsch. Ich dachte, ich wünsche mir etwas total Verrücktes. Dass ich aufwache und grüner Waldmeisterschnee fällt. Als kleiner Partygag."

Beide lehnen sich eiskugelschleckend und mit leuchtenden Augen ans Fenster und betrachten das Wunder davor, als wären sie wieder drei Jahre alt.

Lottas Brust zerspringt fast vor Glück. Es ist tatsächlich wahr, sie ist kein kindisches, kleines Mädchen, das darauf hofft, ihr Wunsch am Baum ginge in Erfüllung. Sie erzählt es natürlich nie jemandem. Nicht ein Mal Luca hat sie verraten, dass sie noch an den Zauber glaubt, an die alten Geschichten. Dass sich ihr

Innerstes danach sehnt, auf einer magiedurchwobenen Welt zu wandeln. Eine Welt, die sie bei jedem Schritt beschützend umhüllt, die auf sie Acht gibt, die sie in flauschig-watteweichen Wolken auffängt, wenn sie stolpert. Undenkbar, das auszusprechen. Wenn sie so etwas den Leuten erzählen würde, hielten sie alle für verrückt. Vermutlich säße sie dann schon lang in der Psychiatrie. Es ist einfach ein alter Brauch, zur Mündigkeit einen Wunsch aufzuschreiben. Tradition von früher, als die Wünsche noch bescheiden waren und der Sippenchef einem zum Auszug aus dem Clan ein wertvolles Gut als Starthilfe mitgab. Heute zieht keiner mehr zum fünfundzwanzigsten Geburtstag aus, um die Welt zu erkunden, nur die Tradition des Wünschens hat überlebt.

Aber wenn es ihn tatsächlich gibt, wenn der Baum tatsächlich da ist und die Magie besitzt, jeden Wunsch, der ihn erreicht, zu erfüllen, dann wird Luca sie bald mit anderen Augen sehen, dann hat diese heimliche Schwärmerei endlich ein Ende. Dann muss sie keine unbedeutende Liebelei mehr mit Alibistechern anfangen, um normal zu wirken und ihre Sehnsucht nach Nähe zu stillen. Ihr Herz hüpft vor Freude munter auf und ab. Das war ihr innigster Wunsch. Das hat sie vor ein paar Monaten bei der großen Zeremonie auf ihre Karte geschrieben. „Ich wünsche mir, dass Luca sich in mich verliebt." Ihre Wangen werden vor Aufregung ganz rot. Nicht mehr lange und sie wird für immer in Lucas Armen liegen. An dem Ort sein, an welchem ihre

Gedanken sowieso ständig sind. Endlich ganz dort ankommen, wo ihre Seele seit Jahren verweilt.

Nachdenklich dreht Lotta sich vom Wunderland weg und schaut Luca an. „Aber wenn das hier dein Wunsch ist, wie willst du ihn dann ändern? Er ist ja gerade schon erfüllt worden. Er ist nicht mehr am Baum."

„Ich weiß, aber dein Wunsch. Dein Wunsch ist noch am Baum." Lotta erstarrt innerlich. Ja ihr Wunsch ist noch am Baum.

„Und du hast nach mir Geburtstag. Dein Wunsch wird erst in zwei Wochen dran sein. Wir haben also genau zwei Wochen, um den Baum zu finden und die Karte neu zu beschreiben. Bitte Lotta, hätte ich doch nur gewusst, dass dieses Kindermärchen wahr ist, ich hätte gleich das Richtige auf den Zettel geschrieben. Das ist wirklich, wirklich wichtig."

Scheiße, Lucas Geburtstag.

„Mist, dein Geburtstag! Tut mir leid!" Lotta umarmt Luca so fest sie nur kann. „Alles Gute, mögen all deine Wünsche in Erfüllung gehen! Obwohl, den Punkt hast du ja anscheinend für einen Gag versaut. Typisch Luca." Lotta kichert und stupst Luca mit dem Ellbogen in die Taille. Sie schmeißt ihre Waldmeisterkugel aus dem Fenster und holt ein kleines Päckchen unter dem Regal hervor.

„Fünfundzwanzig! Endlich mündig! Hier Luca, für dich."

„Danke schön!"

Luca stopft sich das restliche Eis in den Mund, verzieht das Gesicht vor Schmerz und setzt sich erwartungsvoll-aufgeregt-lächelnd mit dem Geschenk aufs Bett. Aufreißen oder vorsichtig auswickeln? Es ist so hübsch verpackt. Mit so viel Liebe zum Detail. Lieber vorsichtig auswickeln. Es kommt ein silberner Schlüsselanhänger zum Vorschein. Der Blechmann. Sie hat es sich all die Jahre gemerkt. Die durchgeknallt-fabulierenden Erzählungen über den Blechmann, der sich so sehr ein Herz in seiner Brust wünscht, und wie sehr Luca sich selbiges wünscht. Ein in sich ruhendes, liebevoll-allumarmendes Herz zu haben, so wie Lotta, anstatt mit dem vorhandenen, sprunghaft-verrückten Wesen befüllt worden zu sein - und wie faszinierend die Idee ist, jemand würde auch noch einen Teil seines eigenen Herzens dafür hergeben. Man kann dem kleinen Schlüsselanhänger sogar die Brust öffnen, um ihm ein Herz hineinzulegen. Luca öffnet vorsichtig den Körper. Filigran in der leeren Brust aufgehängt, baumelt ein halbes, kleines Glasherz auf das Lotta eingraviert ist.

Luca hat Tränen in den Augen. „Das ist so süß, Lotta. Danke dir. Ich kann. Ich kann gar nicht glauben, dass du dir das all die Jahre gemerkt hast." Luca springt auf, umarmt Lotta stürmisch und schaut ihr dann tief und sehnsuchtsvoll in die Augen. Wenn Lotta mich doch nur so lieben würde, wie ich sie. Aber wir sind nur Freunde. Nichts weiter, einfach nur Freunde. Luca schluckt den Impuls, Lotta zu küssen, hinunter.

„Und jetzt auf in unser Abenteuer, die Ziegelstraße ruft. Lass uns in den Norden ziehen, das heimelig-sichere Auenland verlassend!"

Lottas Herz, das vor einer Sekunde noch sehnsuchtsvoll-hoffend anschwoll, fällt wie ein Klumpen Dreck zu Boden.

„Was ist mit deiner Vereidigung? Die wirst du verpassen. Du hattest dich so darauf gefreut!"

„Scheiß auf die Vereidigung. Ich hol mir die Papiere einfach später ab. Das hier ist wichtiger als irgendeine doofe Zeremonie vor dem Kapitol. Wir haben exakt zwei Wochen um den Baum der Wünsche zu finden."

Kapitel 3: Mozart - rondo alla turca - Glass Harp (Musical Instrument)

Check 3: Alle Geschenke aus Fernost ordern und Liefertermin checken!

* Luca packt Lotta bei den Schultern und schiebt sie freudig-hüpfend zum Fenster.

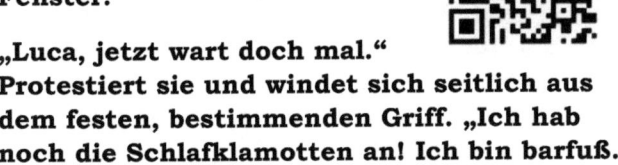

„Luca, jetzt wart doch mal." Protestiert sie und windet sich seitlich aus dem festen, bestimmenden Griff. „Ich hab noch die Schlafklamotten an! Ich bin barfuß. Im Bad war ich auch noch nicht."

„Ups. Sorry. Vergessen." Luca hebt unschuldig die Hände und strahlt glücklich von einem Ohr bis zum anderen. „Du siehst eben einfach immer und in allem fantastisch aus, Schneckchen!"

„Und warum sollten wir durchs Fenster klettern? Wir gehen einfach unten zur Haustür raus!"

„Nein, das macht keinen Spaß." Luca schiebt die Unterlippe schmollend nach vorne, legt die Stirn in Falten und schaut wie ein geprügeltes Hündchen in Lottas bernsteinbraune Augen. „Dieses Abenteuer beginnt festgeklammert an einem Rosenspalier, ums Überleben ringend, im grünen Schneesturm, kaum Halt findend, abrutschend, frierend, den sicheren Tod vor Augen, während man das Gefühl hat, gleich in den tiefen Abgrund zu stürzen. Dort, gefressen von den Ameisen, liegen dann nur noch zwei traurige Skelette im Lavendel, sehnsuchtsvoll wartend - auf den edlen Ritter, der ausgesandt wurde die holde Maid und das unwürdige Zofenkind zu finden."

„Wenn du unbedingt willst." Lotta hebt abwehrend die Hände. „Von mir aus kletter du durchs Fenster. Ich geh zur Tür und warte unten am Rosenspalier auf dich" Lotta hebt den Zeigefinger „ – nachdem ich fertig bin. Zehn Minuten musst du mir schon geben. Fünf, wenn du hilfst."

„Oh ja. Lass mich dir helfen, holde Maid. Soll ich dir eine Sänfte bauen? Dir das Haar bürsten? Den Esel satteln?"

Lotta verdreht die Augen. Holde Maid, heut geht es aber sehr mit Luca durch.

„Du gehst jetzt ganz leise in die Küche. Pack mir bitte ein bisschen Proviant zusammen und hol meine Schuhe aus dem Kellerschrank. Die Wanderstiefel. Okay? Ich zieh mich an und pack ein paar Wechselklamotten ein. Wenn du mich ganz doll lieb hast, machst du mir noch einen Kaffee."

„Wie du befiehlst, meine Herrin." Luca geht, sich - mit viel Handwedeln – tiefverbeugend, zwei Schritte zurück. Danach folgt ein höflicher Knicks mit angedeutetem

Rockheben. „Stets zu ihren Diensten, eure Majestät. Ich unwürdiges Wesen, freue mich, euch hingebungsvoll all eure Wünsche erfüllen zu dürfen." Luca verschwindet aus der Zimmertür. Lotta schüttelt lächelnd den Kopf. So viel Verrücktheit in einem Menschen.

Da kommt auch schon der rote, irrsinnig-grinsende Wuschelkopf erneut hinter der Tür hervor.

Langsam, wie das Gesicht der Grinsekatze, schwebt er wackelnd in der Dunkelheit.

Ätherisch-geheimnisvoll flüsternd, fliegen die erlösenden Worte zu Lotta ins Zimmer: „Den Kaffee, liebe Alice, gibt es unten im Rosenbeet. Perfekt temperiert. Im Thermobecher. To Go. Denn ich habe keine Zeit. Es eilt, es eilt."

Ein kleines schelmisches Augenzwinkern und schon zieht sich der schwebende Kopf wieder langsam und dramatisch in den Gang zurück.

Lotta schreibt schnell eine Notiz an ihre Eltern und zieht sich an.

Sie geht ins Bad, putzt ihre Zähne und steht unentschlossen am Waschbecken. Soll sie die Duschsachen und die Zahnbürste mitschleppen? Ja, besser ja. Nicht, dass Luca doch ein oder zwei Tage durchhält. Das wär dann echt irgendwann eklig.

Sie fängt an sich das lange braune Haar zu bürsten.

Was, wenn sie tatsächlich den Baum der Wünsche finden? Was, wenn die Geschichte wirklich stimmt? Soll sie ihren Wunsch für Luca hergeben? Es wäre so schön, endlich die Liebe ihres Lebens an ihrer Seite zu wissen. Es bleibt ihr auch nicht mehr viel Zeit. Luca will in vier Wochen heiraten. Dann war es das. Dann ist der Zug für immer abgefahren. Und das Schlimmste, der Wunsch ist bestimmt etwas für die Hochzeit oder Ehe. Für den schrecklichsten Tag, den sie je erleben wird. Als Trauzeugin daneben stehen und sich für Luca freuen während ihr eigenes Herz still und leise in tausend Splitter zerbricht.

Das heißt, sie wird ihr Glück aufgeben um Lucas Glück perfekt zu machen. Wär ja echt bescheuert, das zu tun. Andererseits, was wäre es für ein Glück, wenn sie danach ihr Leben lang rätselt, ob Luca sie tatsächlich liebt oder nur durch magische Weise an sie gebunden wurde?

Sie fängt an, sich einen Zopf zu flechten, der ihr über die Schulter fallen soll, damit er nicht ständig so nervig unter den Rucksackträger rutscht.

Sollten sie den Baum tatsächlich finden, darf Luca aber auf keinen Fall sehen, was auf ihrer Wunschkarte steht. Das wäre fürchterlich, würde bestimmt die Freundschaft beenden. Lieber schaut sie die nächsten achtzig Jahre dabei zu, wie Luca in den Armen eines anderen Menschen selig-grinsend Erfüllung findet, anstatt die Sonne ihres Lebens zu verlieren.

Sie schlingt ihr Haargummi um die Zopfspitze und wäscht sich noch kurz das Gesicht.

Was soll die Fantasterei über Dinge, die nie passieren werden! Als ob Luca mehr als ein paar Stunden an diesem verrückten Plan festhalten würde. Wie sollten sie auch überhaupt den Baum finden. Angeblich steht er in einer Höhle hoch im Norden. Vermutlich gibt es Millionen Höhlen im Norden.

Aber doch, wenn das alles wahr ist und Luca es mit ihr bis zum Baum der Wünsche schafft, dann muss dieser Wunsch so wichtig sein. Dann kann sie nicht anders, als ihr eigenes Glück dafür herzugeben. Wer weiß schon, wie lange ihr herbeigezaubertes Glück mit Luca anhalten würde. Am Ende wäre die Sache nach ein paar Tagen vorüber. Der Preis dafür wäre Lucas Zukunft und ihrer beider Freundschaft. Kim und Luca sind schon so lange zusammen und sie sind so glücklich miteinander - fast immer. Kim ist vielleicht ein bisschen kontrollsüchtig.

Wie hat Luca es nur geschafft eine alleinige Reiseerlaubnis zu bekommen? Es ist Jahre her, dass sie und Luca mal ein gemeinsames Wochenende ohne Kim hatten. Ohne Anrufe, wo man denn gerade ist, was man gerade macht. Ok, jetzt fantasiert sie wieder treu doof-verliebt vor sich hin. Nur weil wir jetzt ohne Kim loswandern, heißt das ja nicht automatisch, dass da keine

Nachrichten oder Anrufe kommen. Allabendliche,
einstündige Telefonate mit der Dauerschleife:
„Nein leg du auf. Nein du. Ja ich liebe dich auch.
Küsschen. Träum schön. Ich vermisse dich so
sehr."

Ist ja nicht weiter schlimm, ist ja süß nach so
vielen Jahren noch. Aber muss das echt eine
Stunde lang gehen?

Kapitel 4: Alice's Adventures in Wonderland - The Caterpillar (The Royal Ballet)

Check 4: Wer bekommt einen Schokonikolaus oder Stiefel? Anzahl im Supermarkt besorgen.

* Lotta zieht leise die Tür hinter sich zu. Das Handy hat sie auf Lucas Befehl hin recht widerwillig zu Hause gelassen. Jetzt fühlt sie sich ziemlich nackig so ohne Kontaktmöglichkeit in der

Tasche. Tapfer schleicht sie um die Ecke zum Rosenspalier und sieht gerade noch wie Luca das zweite Bein vorsichtig aus dem Fenster streckt. Sich elegant umdreht und herunterklettert. Wie ein Profidieb, der gerade das wertvollste Juwel der Königin geklaut hat. Ein gewagter Sprung von der drittletzten Sprosse ins Lavendelbeet beendet die nächtliche Klettertour. Leise, wie auf Katzenpfoten, landen die klobigen Wanderstiefel im tiefen Schnee. Im silbernen Mondschein glitzern die grünen Flocken mystisch im roten Haar während Luca geheimnisvoll im Rucksack kramt und augenzwinkernd den Kaffeebecher hervorzaubert. Dann schleichen die beiden auf Zehenspitzen Richtung Gartentor. Gut, dass heute eine wolkenlose Vollmondnacht ist. Sonst würden sie blind durch den dunklen Garten stolpern.

„Warum gehen wir nicht vorne raus?" raunt Lotta zwischen zwei Schluck Kaffee. Wieso sie flüstert, weiß sie auch nicht, aber es kommt ihr irgendwie richtig vor. „Auf der Straße wäre Licht."

„Ja, aber dann könnte man uns sehen." wispert Luca zurück.

„Du nervst mich. Warum muss alles so heimlich sein?"

Luca schaut verlegen-ertappt nach unten und fummelt überflüssig lange am Gartentorverschluss herum.

„Ich habe Kim nichts davon gesagt." Zischt es abweisend aus der Dunkelheit.

Okay. Das kommt jetzt überraschend.

„Habt ihr euch gestritten?"

„Nein." Luca öffnet das Tor und schleicht weiter auf dem Trampelpfad Richtung Bach. „Aber ich hätte doch niemals gehen können, wenn ich es erzählt hätte. Schon gar nicht so kurz vor der Hochzeit. Aber das hier ist wirklich wichtig. Deswegen haben wir auch keine Handys mit. Kein Weg zurück. Wenn ich dann erst wieder so einen klagenden Anruf bekomme, wie hart es ist so einsam zu sein, werd ich nur wieder schwach und kehr um."

Luca tritt wütend in den Schnee vor sich, der pulvrig-glitzernd wieder zurück zu Boden schwebt.

„Außerdem darf Kim nicht wissen, was ich mir wirklich wünsche. Was ich mehr als alles andere auf dieser Welt will. Das würde alles kaputt machen."

Lotta schlägt innerlich Purzelbäume bis ihr übel wird vor Freude. Geht da doch nicht alles so rund wie die beiden immer tun?

„Wie kommen wir jetzt zum Wald, ohne gesehen zu werden?"

„Ich denke wir gehen weiter am Bach entlang bis hinter den Hof von Nielsens. Dann über den Steg und die Weide in den Wald."

Lotta bleibt stehen und packt ängstlich Lucas Arm.

„Was ist mit dem dicken Karl? Als wir letztes Mal über die Weide wollten, hat er uns fast aufgespießt."

„Der dicke Karl?" Luca lacht. Endlich müssen sie nicht mehr so viel flüstern. Die Häuser liegen bereits hinter ihnen. „Der ist doch letztes Jahr gestorben. Die Nielsens sind auch schon zu betagt für den Hof, die haben keinen neuen Bullen gekauft. Da steht nur noch die gute, alte Berta und kaut gemütlich vor sich hin."

Luca läuft schmunzelnd weiter. Nimmt sich eine Handvoll vom weniger werdenden Schnee, formt ihn zu einem Ball und wirft diesen sachte, aber zielgenau auf die Eule im Baum vor ihnen.

Ärgerlich schuhut diese und flattert drei Äste höher.

„Ach ja, der dicke Karl. Das ist zehn Jahre her, dass wir dem fast auf die Hörner gekommen sind. Weißt du noch? Du so: Luca, was trampelt denn da so? Und ich: Ach das bildest du dir nur ein, komm jetzt weiter. Und du drehst dich noch einmal um, stehst mit weit aufgerissenen Augen regungslos da und schreist dir die Seele aus dem Leib. Gut, dass ich dich aus dem Weg geschubst habe."

„Pff. Ohne dich hätte ich erst gar nicht im Weg gestanden! Ich wär brav die paar Meter außen rum gelaufen statt mitten durch die Kuhweide. Irgendwann bringen deine Abenteuer mich noch um!"

Luca legt ihr den Arm um die Schulter und drückt sie fest an sich. „Ich hoffe doch es wird nicht dieses hier sein."

Sie laufen eine ganze Weile schweigend nebeneinander her. Passieren ohne Zwischenfälle die Kuhweide und treten in den Schatten des Waldes ein.

Als der Wald immer dichter wird und sie die Hand vor Augen nicht mehr sehen können, bleibt Luca endlich stehen.

„Ich denke das reicht erst mal. Lass uns hier auf dem Baumstamm sitzen, bis die Sonne aufgegangen ist und wir nicht mehr blind wie die Maulwürfe über Wurzeln stolpern."

Sie sind so weit von Lucas Wohnung entfernt, dass der seltsame grüne Geburtstagswunschschneefall aufgehört hat. Lotta lässt sich, froh über den trockenen Platz und diese Entscheidung, neben Luca nieder.

„Lotta, du hast doch immer alles aufgesaugt wie ein Schwamm, was uns über den Baum der Wünsche erzählt wurde. Wo ist er? Wie finden wir ihn?"

„Oh Luca, du bist ja super vorbereitet." schnauft Lotta augenrollend.

„Ich weiß, aber ich hatte ja auch nicht viel Zeit. Ich bin heute Nacht aufgewacht, hab aus dem Fenster gesehen und bin direkt zu dir gerannt. Fast. Nachdem ich Kaffee gemacht hatte. Zum Glück hat Kim heute Nachtschicht. Da konnte ich wenigstens ungestört noch meinen Rucksack packen."

„Oh Luca, das wird ein böses Ende nehmen. „

Lotta denkt kurz nach, um ihre Gedanken zu sammeln.

„Also gut, der Baum der Wünsche steht, so heißt es, im Norden. Noch heute erzählt man den ABC-Schützen gerne am Lagerfeuer sitzend und Würstchen grillend, wie es zur Wunschzettelzeremonie kam:

Es war einmal zum Anbeginn der Zeit, als die Menschen das Schreiben entdeckten. Da bemerkte der große Magier Ragnaflok, dass ihm jeder Wunsch erfüllt wurde, den er an den Baum in seinem Garten hängte. Denn dieser Baum wurzelte direkt im Kopf der großen Göttin Terrestika. Der Mutter allen Lebens. Nachdem sie viele Jahre auf der Erde gewandelt war um das Leben zu erwecken, setzte sie sich müde von der Anstrengung auf ihre schönste Wiese und ruhte sich aus. Fasziniert von der Anmut ihrer Schöpfung und dem Frieden um sie herum schlief sie ein. Sie schlief jedoch so lange, dass sie dort festwuchs und langsam im Boden versank. Unter der Erde ruhend versorgt sie die Welt seither von dort unten mit ihrer lebenspendenden Kraft. Sie schenkt uns den fruchtbaren Boden, die Fülle der Ähren, Futter für die Tiere. Das Einzige, was an der Oberfläche von ihr sichtbar blieb, war der Baum der Wünsche. Als sich herumsprach, welche Macht im Baum von Ragnaflok lag, wollte jeder das Schreiben erlernen und seine Wünsche an den Baum hängen. Aber das war zu viel für den Baum. Obwohl es ein mächtiger und kräftiger Baum war, drohte er unter der Last der vielen Blätter zu zerbrechen. Also beschlossen die weisesten Magier des Landes, dass jeder nur noch einen Wunsch in seinem Leben an den Baum hängen durfte. Das reichte vielen aber nicht und so schlichen sie heimlich nachts auf Ragnafloks Hof und hängten weitere Wünsche daran. Als eines Morgens ein dicker Ast des Baumes unter der Last der vielen Wünsche abbrach, erzitterte die ganze Erde in einem schmerzvoll- aufschreienden Schauer. Ragnaflok wusste sich nicht mehr anders zu helfen. Er verzauberte das Land um den Baum herum. Aus der fruchtbaren, warmen Ebene wurde ein kaltes, schroffes und unwegsames Gebirge. Aus der saftig-grünen Wiese unter dem Baum wurde eine ihn umschlingende, eisige Höhle, die niemals taut. Der große Magier Ragnaflok hatte diesen Zauber an seine Lebenskraft gebunden. Er trank vom Fluss des ewigen Lebens damit er den Zauber um den Baum herum aufrechterhalten kann, bis unser Erlöser dort erscheint. Seitdem sitzt er am Eingang zur Eishöhle und wartet auf den Auserwählten. Den einen Menschen, der reinen Herzens den Weg zur Höhle findet, Ragnaflok von seiner ewigen Wache entbindet und ihn endlich ins Jenseits weiterziehen lässt. Der eine Mensch, der den großen Test besteht und den Baum aus seinem Eisgefängnis befreit, da er der Welt mit seinem Wunsch die Erlösung von allem Leiden bringt. Denn die Göttin Terrestika, gab uns den Baum als große Probe. Sie gab uns die Weisheit des Schreibens. Sie gab uns Wissen. Sie gab uns Macht. Und mit all dem gab sie uns auch das Leiden. Und die Möglichkeit, uns selber davon zu befreien. Denn wir könnten wahre Erlösung hier auf Erden erfahren, wenn wir nur den einen, alles erfüllenden Wunsch an den Baum der Wünsche hängen würden."

„Also der Baum steht in einer Eishöhle im Gebirge und nur ein Mensch mit reinem Herzen kann ihn finden."

„Ja."

„Der Mensch mit reinem Herzen bist wenn dann schon du. Ich werde den Baum nicht finden. Du musst ihn suchen gehen und ich häng mich einfach an dich ran und pass auf dich auf. Du bist Frodo, ich bin Sam. Ein Gebirge, das nie taut. Das kann nur der Nordpol sein."

„Warum nicht der Südpol?"

„Na, weil der Weihnachtsmann doch am Nordpol wohnt. Meinst du nicht das kommt irgendwie vom Baum der Wünsche?"

„Ja, für mich stand er auch immer am Nordpol. Aber wenn ich jetzt mal ernsthaft darüber nachdenke und wir die Geschichte für wahr nehmen, dann müssten wir eigentlich zum Südpol. Denn der Nordpol ist nur aus Eis, da ist kein Land, in dem ein Baum bis in den Kopf der Mutter Erde wurzeln könnte. Aber unter dem Südpol ist Land und da hat's auch Berge. Da könnte ein Baum zumindest mal gewachsen sein. Und praktischerweise wäre der auch nicht so weit weg von uns wie der Nordpol."

„Ich werde noch etwas darüber nachdenken. Nach dem Frühstück entscheide ich mich für einen der Pole. Erzähl mir den Rest der Geschichte. Vielleicht kommt ja noch ein Hinweis."

Luca kramt im langsam heller werdenden Wald im Rucksack und zieht ein Marmeladenbrötchen für sich und ein Schokohörnchen für Lotta hervor. Die beiden beißen genüsslich in ihr Frühstück und teilen sich den Rest Kaffee während Lotta die Geschichte des Baums der Wünsche weiter erzählt.

Kapitel 5: Martin Kohlstedt - PAN (live from his balcony)

Check 5: Alle übrigen Namen auf der Geschenkeliste mit Ideen versehen und prüfen, ob alle Fernostdinge geordnet sind oder jemand etwas anderes benötigt, da Fernost zu spät ankommt.

„Also gut, weiter geht es mit dem Baum der Wünsche."
*Lotta beißt noch einmal genüsslich in ihr Schokohörnchen und trinkt einen Schluck Kaffee. Sie blickt zu den Baumwipfeln hoch und betrachtet das Spiel der Blätter im zart-goldenen Morgenwind.

„Ragnaflok sitzt da also seit Urzeiten in seiner Höhle und wartet auf den einen Erretter. Den Menschen, der mit seinem reinen Herzen den Weg zu seinem Baum findet um mit seinem einen Wunsch die Welt zu erlösen statt sich selber zu bereichern. Während er wartet, hängt er traurig die Wünsche der anderen Menschen an den Baum, damit er auch ab und zu mal was anderes zu tun hat, als sehnsüchtig in die endlosen Weiten der Eiswüste zu starren. Traurig, weil nicht ein Mensch in tausenden von Jahren seinen eigenen Vorteil hinten anstellte. Weil keiner den welterlösenden Wunsch formulierte. Weil sich immer weniger Menschen auf die Suche nach dem Baum

machten, um den erlösenden Wunsch daran aufzuhängen.

Nachdem der Baum von Ragnaflok unauffindbar versteckt wurde, richteten die übrigen weisen Magier den Zeremonienplatz her. Verbanden ihn mit Ragnafloks Höhle durch ein einzigartiges, geheimnisvolles Feuer, welches in allen Farben des Regenbogens flackert. Ein Mal im Jahr, zur Zeit der Wintersonnwende, durften alle Menschen, die im folgenden Jahr fünfundzwanzig wurden und ihre Sippe verlassen wollten, zum Zeremonienplatz kommen und ihren Wunsch aufschreiben."

„Warum zur Wintersonnwende?"

„Weil wir vor der Verehrung von Terrestika und ihrem Baum hier einen uralten Glauben an Naturwesen hatten. Nymphen, Feen, Kobolde. All diese Kreaturen, die herumflattern oder wuseln und sich um die Welt kümmern. Sie waren hier allgegenwärtig. Wohnten in jedem Baum, unter jedem Stein, in jedem Bachlauf. Im Winter hatten die Menschen Angst, sie hätten sie verärgert und würden mit ewiger Kälte und Dunkelheit bestraft. Deswegen opferten sie ihr wertvollstes Gut und boten ihre hübscheste Jungfrau als Gabe zur Wintersonnwende an, um die Naturwesen wieder zu besänftigen. Sie wurde ihnen als unbefleckte Braut dargebracht. Geschmückt mit getrockneten Blüten aus dem Sommer und Gräsern des Winters, in ein leichtes

Leinenkleid gehüllt, durfte sie in die Tiefen des Sees waten um dort von den Kreaturen in Empfang genommen zu werden. Dieser heilige Tag war damals sehr mächtig und symbolisch umwoben. Als dann der Glaube an den Baum der Wünsche und die Mutter allen Lebens aufkam, hat man sich den kraftvollen Wintersonnwendtag zu Nutzen gemacht, um diesen einzigartigen, einmaligen Wunsch im Leben mit ihm zu verknüpfen und begann die hochrituelle Opferungszeremonie um die Initiation zu erweitern. Da traf sich ja eh schon jeder an diesem heiligen Zeremonienplatz. Warum dann nicht ein besonderes Ritual für einen Teil der Leute abhalten, bevor die Jungfrau zum Wohle aller in den See gegeben wird?"

„Ok. Das hilft nicht weiter. Fahre fort mit der Geschichte des Baums der Wünsche, ich lausche deiner zarten Stimme."

„Wo war ich? Ach ja, beim Aufschreiben des Wunsches. Also, man kam zum großen Fest, schrieb den Wunsch auf und gab ihn den Magiern. Sie warfen die Zettel ins Zauberfeuer, welches die Wünsche zu Ragnaflok und dem Wunschbaum sandte. Der nahm sie entgegen und hängte sie an die Äste des Baumes. So lief das eine ganze Weile, bis sich der Glaube immer weiter ausbreitete und der heilige Zeremonienplatz nicht mehr ausreichte. Also verteilten die weisen Magier sich nach und nach über die gesamte Welt und richteten immer mehr der Zeremonienplätze ein. Einer

davon ist der, an dem wir letzte Sonnwende waren. Unsere Stadthalle steht auf dieser uralten heiligen Stätte. Zur Zeit der Ausbreitung der Lehre von Terrestika war der Glaube an die Naturwesen aber schon lange verschwunden, deswegen opferte man keine Jungfrauen mehr in Teichen sondern gab nur noch die Wünsche ins Feuer. Die Zeremonienplätze brauchten also keinen Heiligen See mehr, nur einen mystische Feuerstelle. Aber zur Zeremonie schmücken und kleiden wir uns noch heute genauso, wie die Jungfrauen es damals zu ihrer Hochzeit mit den Naturwesen taten. Den Rest kennst du ja. Keiner glaubt mehr an den ganzen Müll, aber zur Mündigkeit gibt es eben große Geschenke, die man vorher auf den Zettel notiert. Diese Feuer brennen übrigens angeblich seit Anbeginn der Zeit. Es ist verboten, sie jemals erlöschen zu lassen. Erlischt eines der Feuer, ist der Platz für immer entweiht."

„Wie viele der Plätze gibt es denn noch?"

„Ich hab da letzthin einen Artikel gelesen. Es gibt wohl nur noch fünf wirklich erhaltene Feuerstellen auf der ganzen Welt. Zwei auf unserem Kontinent. Drei woanders, aber dort praktizieren nur noch sehr wenige dieses altbackene und überflüssige Ritual."

„Wo war denn dann der erste Zeremonienplatz und existiert er noch?"

„Das ist der andere auf unserem Kontinent. Er ist weit im Süden, kurz vor dem Ende der Welt. Also dem damaligen Ende der Welt, man wusste ja nicht, dass man mit dem Schiff einfach weiter zum Südpol fahren könnte. Die Menschen waren keine Seefahrer dort unten, denn das Meer vor der Küste ist nicht allzu reich an Fischen und eisig kalt. Der kleine Ort Terheim liegt am Rande einer fruchtbaren, warmen Ebene zu Füßen des Gebirgszugs Krail, der sich im Süden einmal quer durch das gesamte Land zieht und das Kap des Verderbens vom Rest dieses Landes abtrennt. Das Kap an sich ist eine schöne fruchtbare Ebene, wird aber jedes Jahr von der massiven Schneeschmelze aus dem Gebirge völlig überflutet und ist deswegen schon immer unbesiedelt. Dahinter liegt nur noch das Meer. Der letzte Ort dort unten ist dieses Terheim. Es brüstet sich damit, den ältesten Zeremonienplatz der Welt zu haben und noch heute im ursprünglichen Feuerpott vom Anbeginn der Zeit, die Wünsche zu verbrennen."

„Es wäre logisch, dass die Höhle gar nicht so weit von Terheim weg ist, denn damals wäre das schon unerreichbar weit gewesen. Erst über die tödlichen Berge klettern, sich dann ein Boot oder Floß bauen und den Mut finden loszusegeln. Da hätte schon einiges an Abenteuerlust und Wahnsinn vorhanden sein müssen."

„Ja, sollte diese ganze Geschichte wahr sein, dann liegt es nahe, dass die Eishöhle samt Baum am Südpol liegt und nicht am Nordpol."

Die beiden essen, begleitet vom Konzert der erwachenden Waldvögel, ihr Frühstück schweigend zu Ende, trinken noch einen Schluck Wasser und packen dann die Rucksäcke wieder zusammen. Als Lotta dabei Lucas entschlossene Miene studiert ist sie sich nicht mehr so sicher, ob sie wirklich mittags umdrehen werden. Es ist wahnsinnig. Fantastisch ja, aber wahnsinnig.

Luca steht auf und klemmt die Daumen unter die Rucksackträger. „Gut. Wir sind gestärkt. Wir sehen wieder etwas. Du willst nach Süden. Terheim ist im Süden. Dann schnür deine Schuhe wieder zu, lieber Frodo, und führe mich zum Baum der Wünsche. Ich folge dir nach Süden."

„Gerne, mein Samweis. Lass uns allen Gefahren trotzend zum Südpol wandern."

Lotta und Luca laufen in einem weiten Bogen um das langsam erwachende Dorf, um auf den abgelegenen Wanderpfad nach Süden zu kommen.

Zwei Nächte später, haben sie ihr Lager auf einer großen Lichtung in diesem endlosen Wald aufgeschlagen. Es duftet schwer nach Silberkraut, das sich am Rande der hohen Waldwiese ausbreitet. Die Eulen schuhuhen beruhigend in der dunklen Nacht. Das kleine Lagerfeuer nimmt den düsteren Schatten des Waldes den Schrecken. Seit gestern sind sie keinem mehr begegnet. Als wären sie die letzten beiden Menschen auf der Welt. Lotta liegt nachdenklich-eingerollt neben dem wärmenden Flammen. Sie stupst Luca vorsichtig an.

„Du, Luca."

„Ja?"

„Drehen wir nicht langsam um?"

„Nein. Warum sollten wir?"

„Ich hab das bisher nicht wirklich ernst genommen, aber du scheinst es tatsächlich zu wollen? Ich dachte das ist irgendwie ein Gag von dir, eine Lotta-Luca-Auszeit vor der Hochzeit. So eine typische Luca-Aktion die schnell wieder vorbei ist. Aber wir marschieren seit zwei Tagen pausenlos und immer weiter nach Süden. Und unsere Essensvorräte reichen nur noch für zwei bis drei Tage."

„Natürlich ist es mein Ernst. Es ist ja auch alles wahr. Wir finden den Baum und ich tausche den Wunsch aus."

Lotta starrt in die tanzenden Flammen, irgendwie mag sie Lucas bestimmende Art darüber, ihren Wunsch zu benutzen, überhaupt nicht. So sehr sie Luca liebt, würde sie doch gerne erst mal gefragt werden, ob sie denn ihren Wunsch überhaupt hergeben möchte.

„Verrätst du mir, was du dir wünschen willst?"

„Nein, das geht nicht. Ist ein Geheimnis. Aber es ist wirklich, wirklich wichtig. Es ist für uns beide wichtig."

Lotta dreht sich um und versucht zu schlafen. Für uns beide. Auch da wäre sie schon lieber mit im Boot und würde gerne wissen, was das genau ist. Aber Lucas Entschlossenheit ändert, unabhängig davon ob sie in diese Wünscherei einbezogen wird, nun alles. Sie werden also jetzt tatsächlich den Baum der Wünsche suchen. Das ist total verrückt. Aber Lotta freut sich trotzdem. Sie hat sich so oft vorgestellt, wie der Baum wohl aussehen wird. Funkelnd? Glitzernd? Mit Sternenstaub bedeckt? Das wird die beste Reise ihres Lebens. Vor allem, weil es mit Luca ist. Nur sie und Luca. Einzig das mit dem Tauschen des Wunsches wurmt sie. Wenn es wirklich wahr ist, wenn sie tatsächlich vor diesem magischen Wunschbaum enden, dann kann sie nicht zulassen, dass Luca sich ihren Wunsch schnappt. Egal wie wichtig es für sie beide ist. Wenn der Baum existiert, muss sie versuchen, den Wunsch, der die Welt erlöst, dort aufzuhängen. Sie kann nicht die Erlösung der gesamten Erde hinter ihr eigenes Glück stellen. Damit könnte sie nicht leben. Nur - was könnten die richtigen Worte sein? Welcher Wunsch würde alle Leiden der Welt beenden? Es gibt so viele davon. Krieg. Hunger. Armut. Ausbeutung. Krankheit. Diese Liste ist so endlos. Wo ist der gemeinsame Nenner? Was ist der alles behebende Wunsch?

„Luca."

„Ja, Süße."

„Wie sollen wir das schaffen? In zwölf Tagen bis zum Südpol. Ich will das auch unbedingt. Ich will den Baum finden, aber das ist so weit weg. Sollen wir vielleicht einen Zug nehmen oder ein Auto mieten? Dann könnten wir wenigstens schon morgen Abend in Terheim sein. Danach wird es immer noch kompliziert genug, an den Südpol zu gelangen."

„Du denkst zu viel Lotta. Wir sind auf einem magischen Abenteuer. Es kommt mehr auf unseren Glauben an die Sache an, denn auf die tatsächliche Machbarkeit. Wenn du, als die Suchende mit dem reinen Herzen, wirklich daran glaubst und den Baum wirklich finden willst, dann wird das Schicksal uns auch dort hinbringen! Der Baum wird es wissen und uns Helfer schicken. Er wird uns Wege bereiten, wo sonst keine sind und Abkürzungen aufzeigen, die niemand sonst sehen kann. Er wird uns auf die Probe stellen, aber auch unseren Glauben in die Sache stärken. Die Magie ist da. Wir müssen uns nur darauf einlassen, dann können wir sie auch wieder sehen. So wie die Menschen früher."

Luca stützt sich auf die Ellbogen und schaut in Lottas liebevolle, aber zweifelnde Bernsteinaugen. Im Licht des Lagerfeuers wirken sie noch sanfter und hingebungsvoller als sonst. Luca zeichnet ihr mit dem Finger sanft-beruhigende Kreise an den Scheitel.

„Ich glaube an dich. Ich kenne niemanden, der ein reineres oder ehrlicheres Herz hat als du."

Lotta lächelt Luca an. Es ist so schön hier zusammmen zu sein. Nur sie beide. Sie schließt die

Augen und gleitet unter dem wohlig-entspannenden Kribbeln, das Lucas kreisender Finger auf ihrem Kopf erzeugt, langsam ins Land der Träume. Ach, wenn du nur wüsstest, Luca, welch verdorbene Gedanken und welche Lebenslügen in diesem zarten Herzen ruhen, dann würdest du nicht darauf setzen.

Mit diesem Gedanken im Kopf gleitet Lotta hinab in die Tiefen des Schlafes und träumt von der glitzernden Höhle. Ihrem Sehnsuchtsort, den sie seit ihrer Kindheit immer und immer wieder in ihren Träumen besucht. Dort ist die Welt still. Jedes Mal steht sie in ihrer Fantasiereise vor dieser Höhle und traut sich nicht, auch nur einen Schritt hineinzulaufen. Denn wenn sie diese Eiswelt betritt, wird die Zeit stehen bleiben. Die ganze Erde wird aufhören zu atmen und darauf warten, welchen Wunsch sie auf das Blatt schreibt. Jedes Mal träumt sie dann auch von dem alten Mann, der ihr wohlwollend zunickt. Der am Eingang der Höhle steht, ihr mit einem bis ins Mark erschauernden Blick auf den Grund ihrer Seele blickt und sagt: „Komm zu mir. Finde mich und trete ein. Ich glaube an dich."

Kapitel 6: Franz Liszt: Liebestraum cello and piano

Check 6: Nikolauspräsente an deine Liebsten verteilen!

Lotta läuft voran. Tapfer, ohne zu murren. Seit Mitternacht fällt kalter Regen in Strömen auf sie herab. Der Wind zieht durch die Kleidung, bläst ihr fröstelnd bis auf die nasse
Haut. Aber sie läuft Schritt für Schritt für Schritt immer weiter Richtung Süden. Manchmal hält sie an, um einen Schluck zu trinken. Manchmal, um etwas zu essen. An kleinen Bachläufen füllt sie die Wasservorräte auf. Endlich hat sie sich darauf eingelassen. Mit jedem Meter auf diesem wild-verzauberten Pfad wird sie zuversichtlicher, glaubt sie mehr an den Baum der Wünsche, der ihr den Weg weisen wird. An die uralte Magie, die sie zur Sehenden machen wird und sie an den Rand der Welt bringt.

Luca läuft gerne ab und zu ein Stück hinter ihr. Um Lottas knackigen Hintern in Ruhe betrachten zu können. Zum Anbeißen. Es kostet viel Beherrschung da nicht einfach mit der Hand draufzuhauen. Aber das wär wohl wirklich zu viel des Guten, der besten Freundin einfach so auf den Arsch zu klatschen und wenn es noch so sehr in den Fingern juckt, es zu tun. Heimliches Anstarren muss einfach genügen.

Und dann dieses erotisierend-entschlossene Funkeln, das mit jedem Meter stärker aus Lottas Augen strahlt. Es irritiert, verunsichert und erregt Luca so sehr, da hilft es ab und zu, einfach nur hinter ihr her zu trotten und diesen perfekten, wiegenden Hintern vor sich zu vergöttern, um wieder runter zu kommen.

Ohne diese Auszeiten könnte Luca sich nicht mehr unter Kontrolle halten und würde Lotta einfach hier auf der Stelle packen, an sich ziehen und ihr die Kleider vom Leib reißen. Diese neuen, selbstsicher-fordernden Blicke, so ungewohnt aus ihren sonst so schüchtern-liebevollen Augen - röntgen einen bis in die tiefsten hintersten Gedankenwindungen. Lotta hatte früher schon diesen alles aufdeckenden Blick. Nur Luca hat das dummerweise bis vor einem Jahr nie gesehen. Wie konnte diese sinnliche Erotik nur all die Jahre so völlig weggefiltert werden?

Luca will das gar nicht fühlen, das Leben war doch vorher so schön einfach, geplant und geregelt. Aber jetzt ist irgendwie alles durcheinander geraten. Und es ist bestimmt schon viel zu spät um es zu entwirren. Da sitzt man fest in der Freundschaftsschiene und jede Geste, jede falsche Andeutung könnte alles zerstören.

Aber so alleine hier im Wald, mit nichts vor Augen als ihr, ist es wirklich schwer all die Lust auf diesen perfekten Körper zu ignorieren und kumpelhaft, kichernd-fröhlich durch die Gegend zu hüpfen, anstatt sie von hinten an der Hüfte zu packen, sie begehrend in den Hals beißend herumzudrehen und ihr Hose und Shirt mit einem Ruck vom Leib zu reißen. Sie dann aber überraschend vorsichtig und unerwartet sanft - diese zierliche, sinnliche Frau zärtlich und respektvoll auf Stirn, Augen, Mund küssend - im Moos abzulegen. Mit den Lippen langsam und nur noch ihrer Lust dienend, auf ihrer seidigen Alabasterhaut über den Hals wandernd, nach unten zu gleiten. Die eigenen, hungernden und unwürdigen Hände, erst zärtlich-vorsichtig über ihre perfekten Brüste streifen zu lassen, leicht knetend dort zu verweilen, dann fordernd-mutiger die Taille entlang fahrend, weiter zu diesem herrlichen Hintern wandern und diesen endlich liebevoll-begehrend packen. Mit der Zunge, diese sinnlichen Brustwarzen liebkosend, langsam und bedächtig auf ihrem glatten flachen Bauch weiter nach unten schlängeln. Schon in purer Vorfreude, auf alles, was dort sehnsüchtig auf Entdeckung wartet. Während die begehrend-neugierigen Fingerspitzen schüchtern auf ihren straffen Schenkeln nach vorne trippeln um die schon mehr als willigen Beine unschuldig zu öffnen. Mit der Zunge, leicht wie ein Schmetterling dort hingleiten, wo die Finger bereits hauchzart und immer näher kommend ihre Runden ziehen, um ihre feuchte Scham zu erkunden, die sich fordernd und voller Erwartung dem hungrigen Mund entgegenstreckt. Ihre Welt hingebungsvoll umkreisend und sanft saugend zum Stillstand zu bringen um im Moment größter Erregung mit geschickten Fingern in sie einzudringen, ihren Rhythmus erspürend, die

Wellen ihrer Lust aufzunehmen und mit ihnen zu spielen. Das Spiel auszudehnen, hinauszuzögern, bis sie die Welt um sich herum vergisst. Sie hingebungsvoll und unnachgiebig weiter zu führen in ekstatische Sphären, die sie nie zu vor erfahren hat. Sie dort, am Punkt der höchsten Anspannung, bis zum Wahnsinn verharrend festzuhalten. Ihre Erregung folternd-langsam noch weiter und immer weiter zu treiben bis sie sich endlich in einer erlösend-befreienden, wild-zuckenden Explosion entlädt, wieder und wieder und wieder, um dann völlig erschöpft aber glücklich im Moos zusammengerollt und eingekuschelt einzuschlafen.

Luca schüttelt sich einmal kräftig, um wieder ins hier und jetzt zurück zu kehren. Die Realität, in der sie nur befreundet sind. Nicht mehr. Niemals mehr.

Es ist so ungewohnt-surreal, diese selbstlos-gebenden Fantasien und dann auch noch mit Lotta! Sonst ist Luca im Bett ausschließlich eigenorientiert und nehmend unterwegs.

Seit einem Jahr nun schon dieser krampfhafte Kampf, Lotta nichts merken zu lassen. Kim nichts merken zu lassen. Niemanden merken zu lassen, dass Lotta die lüstern-begehrende Liebe ist, die seit jeher tief in Lucas Herzen brennt. Sex mit Kim zu haben und dabei Lotta zu sehen. Fantasien beim Sex von Lotta zu haben aber Kims Namen zu sagen. Es war alles so viel unkomplizierter als Lotta einfach nur Lotta war. Die beste Freundin. Asexuell. Geliebt aus tiefstem

Herzen, für immer an der rechten Seite, aber mehr nicht.

Es passierte in dieser einen, alles verderbenden Nacht, vor genau einem Jahr. Die Beziehung mit Kim lief toll. Die Verlobungsfeier war an diesem Abend, aber Luca übernachtete gezwungenermaßen bei Lotta statt bei Kim. Das hatte ganz schön Knatsch gegeben, denn Kim meinte, Lotta sei alt genug und solle sich doch mal andere Freunde suchen, die nicht anderen gegenüber verpflichtet sind. Wie solle man eine Familie gründen, wenn ständig Lotta dazwischen käme? Aber Luca bestand darauf, bei Lotta zu bleiben, weil Lotta sich nach einer Trennung auf der Feier so zugesoffen hatte, dass es besser war, sie nicht alleine zu lassen.

Da lag Lotta dann, nach großem Trara und vielen Mühen endlich in ihrem Bett. Völlig zerknautscht. Ausgekotzt. Im Halbschlaf. ***Luca streichelte ihr mit dem Zeigefinger kreisend über den Kopf. So wie gestern Abend. Bis sie tief und ruhig schlief. Weiter streichelnd, betrachtete Luca dieses perfekte Gesicht, diese sinnlichen Lippen. Das glänzende, braune, leicht gewellte Haar. Diese sexy Figur. Wie kann ein Mensch auf dieser Welt nur so perfekt sein? Sie ist so herzensgut, so rein, so liebevoll. Sie gibt mir so viel Wärme und Unterstützung. Sie ist die tollste Frau, die ich auf dieser Welt kenne. „Ich liebe Dich!" flüsterte Luca.**

In dem Moment, als Luca das aussprach und wusste, dass es aus tiefstem Herzen so

gemeint war, kribbelte es blaufunkelnd unter den kraulenden Fingern in Lottas Haaren und eine seltsame Energie, verband die beiden. Ein mystisches Glimmen zwischen Lucas und Lottas Haut, es waberte in den gleichen Regenbogenfarben, wie das Feuer im Zeremonienkelch. Diese Energie erfüllte Lucas Herz mit der Liebe, und der Ruhe, die in der Beziehung zu Kim einfach fehlte. Luca betrachtete weiter Lottas perfektes Gesicht und sah sie plötzlich zum ersten Mal wirklich. Nach so vielen Jahren erkannte Luca, dass Lotta das einzig Wahre und Echte auf dieser Welt, in diesem Leben ist. Das sie beide verbunden sind durch etwas mystisches, etwas höheres. Es war so viel mehr als alles was mit Kim passierte. Und es war schon immer da. Luca hatte es nur nie gesehen. Zu selbstverständlich stand Lotta treu und tapfer an Lucas Seite, egal was da kam. „Lotta, du bist alles für mich auf dieser Welt, warum habe ich das nie gemerkt?" flüsterte Luca tieferschüttert der schlafenden Schönheit ins Ohr.

Kim hat es gemerkt. Deswegen immer diese Eifersüchteleien. Die Kontrollanrufe. Die Versuche, Lotta eine neue, beste Freundschaft zu vermitteln. Kim hatte gespürt, dass da mehr war. Dass es nur eine einzige Gefahr für ihre Beziehung gab und die ging fröhlich-ungezwungen bei ihnen ein und aus. Tag und Nacht.

Doch Luca war blind vor Gewohnheit. Blind vor Abenteuerlust. Das neue Unbekannte zu entdecken erschien viel kribbelnder und spannender als sich den Dingen zuzuwenden, die schon immer an der eigenen Seite standen.

Luca hatte sich so fest vorgenommen Lotta die Wahrheit zu sagen. Eigentlich war es tatsächlich gar nicht geplant so lange zu wandern. Nur mal ein paar Stunden raus aus dem Dorf und dann vorsichtig ran tasten. Sehen was geht. Gestehen, dass da so viel mehr ist, als Freundschaft. Der Baum der Wünsche war nur der Vorwand. Ja, seit dem glimmenden Licht zwischen ihnen und dem eigenartigen Schneefall ist da doch ein bisschen Skepsis, ob es alles doch wahr ist. Der Funke des Glaubens glimmt ganz schwach, tief in der eigenen Brust. Dennoch war es an dem Morgen einfach ein Vorwand. Denn Lotta steht so auf diesen Baum, da musste sie ja drauf anspringen. Aber Luca schafft es einfach nicht, ihr endlich die Wahrheit zu sagen und je weiter sie gehen, desto schlimmer wird dieses stille Begehren sie zu packen. Lotta hatte so Recht bevor sie loswanderten. Es wird ein schlimmes Ende nehmen. Aber nicht für Kim und Luca, sondern für Lotta. Es mag ja vielleicht tatsächlich den Baum geben, aber es gibt mit Sicherheit keinen magischen Weg zum Baum der Wünsche, dabei glaubt Lotta jetzt so fest daran. Elendig verhungert, zum multiplen Orgasmus vergewaltigt, mitten im Wald verfaulend. Das wird ihr Ende werden. Es gibt keinen Weg mehr heraus. Luca traut sich gar nicht es zu sagen, aber sie haben sich total verlaufen. Es ist völlig unmöglich, dass sie jemals wieder nach Hause finden werden. Das Essen ist auch fast aufgebraucht. Und Lotta weiß immer noch nichts von der heimlichen Liebe und Begierde. Luca würde sich am liebsten selber in den Arsch beißen während die eigenen Gedanken wirre Gespräche abhalten.

„Wir wandern Stunde um Stunde zusammen durch die Einsamkeit. Aber ich trau mich nicht, es ihr zu sagen. Verdammt. Warum hab ich nie gemerkt, dass ich sie liebe? Ich hab meine Chance verstreichen lassen. Zehn Jahre ist sie an meiner Seite und ich habe nicht versucht sie festzuhalten sie für immer an mich zu binden. Kim ist toll. Kim ist super, aber Lotta wäre perfekt. Wenn sie doch nur mehr in mir sehen würde als beste Freunde fürs Leben zu sein. Und ich bin so ein Angsthase. Anstatt Kim abzuschießen und mich blank zu ziehen, volles Risiko zu gehen. Was mache ich? Setzte alles auf einen magischen Baum. Kim als Rettungsnetz im Hintergrund, einen nicht auffindbaren Baum der Wünsche als verrücke Zukunftsvision, steh ich als ängstlicher Hase in der Mitte zwischen zwei Wegen und versuche auf beiden zu wandeln. Klammere mich wie ein kleines Kind an einen magischen Wunsch, der alles regeln wird. Ich möchte doch nur einen einzigen, echten Kuss mit Lotta. Dann würde Lotta sich in mich verlieben. Dann wären ihr diese ganzen Typen, die sie vor meiner Nase Schaulaufen lässt egal. Ich sehe halt auch einfach nicht so aus wie die. Warum sollte sie mich da mit anderen Augen betrachten als denen der Freundschaft. Ich erfülle in keinster Weise das, was ihr gefällt. Aber ich würde ihr alles geben, was sie braucht. Mehr als ihr auch nur einer dieser Typen je gegeben hat.

Sie ist mein Schneewittchen, vergiftet mit dem sauren Apfel der hartherzig-intoleranten Welt. Ich muss mich einfach nur endlich trauen und sie wach küssen. Sie zu dem Leben erwecken, dass uns beide endlos glücklich machen würde."

Kapitel 7: Der Nussknacker, Op. 71, Akt I: Marsch der Zinnsoldaten

Check 7: Einkaufen für Butterplätzchen: 250g Mehl/ 125g Puderzucker/ Schale ½ Zitrone/ 1 Ei/ 150g Butter/ Frischhaltefolie

Zwei Stunden später hört es endlich auf zu Regnen und die Sonne blitzt durch die Spitzen des Waldes.

Lotta fühlt immer mehr diesen Sog, diesen Ruf der Magie, der sie leitet. Sie geht seit heute Morgen nicht mehr mit dem Kompass stur nach Süden, sondern lässt sich von ihren Empfindungen leiten. Seit einer Stunde merkt sie dieses Kribbeln in sich, wenn sie auf der Linie bleibt, die sie im Boden erspürt. Sie hätte nie gedacht, dass Luca, dieser absolut rationale Mensch, mit so einem esoterischen Schwachsinn ankommt. Aber wenn selbst Luca von der Existenz des Baumes überzeugt ist und an die Magie des Weges glaubt, muss es einfach wahr sein.

Lotta läuft und läuft und läuft. Unaufhaltsam. Erklimmt Hügel, watet durch Bäche. Stapft durch blühende Moore. Immer dieser unsichtbaren Linie folgend. Manchmal kurz davon abweichend um ein Hindernis zu umgehen, aber immer wieder zurückkehrend, die Linie suchend. Und dann, nachdem sie einen breiten Streifen Schilf durchdrungen haben stehen sie da. Vor einem riesigen See.

Luca sinkt zu Boden und holt die letzten Vorräte aus dem Rucksack. Das war es dann wohl. Hier geht kein Weg dran vorbei, darunter durch oder darüber weg. Es wird langsam Zeit, Lotta die Wahrheit zu sagen. Kein Essen, kein Weg zurück.

Doch Lotta steht da, am Ufer des Sees, saugt entspannt die Luft ein und schließt die Augen. Man kann förmlich sehen, wie sie versucht den See zu erspüren, zu ergründen, als könnte sie ihn in zwei Hälften teilen, oder eine Brücke daraus hervorheben.

Nach ein paar weiteren, meditativen Atemzügen öffnet sie strahlend die Augen und setzt sich auf einen großen, sonnengewärmten Stein neben Luca. ***Sie zieht die Schuhe aus, legt die Socken zum Trocknen über die warmen Uferkiesel. Macht sich dann vollkommen nackig und hüpft fröhlich-quietschend in den See.**

Luca ist völlig irritiert. Wie kann sie so fröhlich bleiben?

„Komm rein!" ruft sie zum Ufer. „Es ist herrlich erfrischend und du hast eine gründliche Wäsche nötig!" Sie spritzt das Wasser heftig bis zu Luca am Strand. „Bring mein Shampoo mit." Genüsslich schwimmt Lotta am Seerand entlang. Will sie jetzt alles zurück lassen und durch den See hindurchschwimmen?

Egal. Da ist eine nackige Lotta im See, nix wie rein!

Mit Shampoo bewaffnet und wie von Gott geschaffen flitzt Luca Sekunden später, völlig überdreht hinterher. „Achtung Lotta, Nackedei im Anflug." Luca rennt bis zu den Knien ins Wasser und bleibt dann abrupt stehen, schmeißt sich in Pose und sagt mit verwegen-erotischer Stimme, die rechte Augenbraue hochziehend: „Schnell Kleines, mach die Augen zu, nicht dass dich dieser perfekte Körper blendet und für immer dein wunderhübsches Augenlicht verbannt."

Lotta lacht aus tiefstem Herzen und spritzt einen Schwall Wasser auf Luca.

Nach vier Tagen im Wald, ist es gar nicht so einfach, die Haare von allem zu befreien, was sich darin verfangen hat und sie zu waschen. Wie zwei kleine, lausende Äffchen stehen sie kichernd im See und zupfen sich sämtliche Blätter und Ästchen vom Kopf.

Nachdem sie endlich wieder duftend, sauber und durchgekämmt in der Sonne liegen fragt Luca vorsichtig: „Wie geht es jetzt weiter? Wir haben nichts mehr zu essen."

„Mach dir keine Sorgen, es dauert noch eine kleine Weile, aber dann wird sich alles regeln."

Luca ist völlig verwirrt. Wie soll sich alles regeln? Sie liegen hier ohne Essen mitten im Nirgendwo! Aber Lotta ist so entspannt und zuversichtlich, warum sich da selber verrückt machen. Das wäre ja ganz neu, wenn Lotta plötzlich die durchgeknallt-entspannte wäre und Luca miesepetrig-ängstlich versucht jeden weiteren ihrer Schritte aufzuhalten. Es wird nichts an der Lage ändern, wenn man jetzt einfach hier in der Sonne liegt und eine Weile wartet – wo es doch dazu noch so ein schöner Platz ist. Die Vögel zwitschern. Der See plätschert ruhig ans Ufer. Lottas Haut duftet verführerisch in der warmen Sonne. Das Schilf rauscht im leichten über sie hinwegwehenden, warmen Wind.

Lotta sucht blind tastend Lucas Hand, nimmt sie und drückt sie fest. „Danke Luca. Danke, dass du mich aus meinem Trott geholt und mir den Glauben an die Magie zurückgegeben hast. Selbst wenn wir es nicht bis zum Baum schaffen. Es ist einfach toll hier mit dir unterwegs zu sein."

Würden sie nicht mit geschlossenen Augen, ihren heimlich-verliebten Fantasien nachträumend am Seeufer liegen, wäre es ihnen auch aufgefallen. Das zarte, in allen Farben des Regenbogens wabernde Glimmen zwischen ihren Händen. Die magische Energie, die seit Urzeiten alles durchwebt und verbindet, was zusammengehört.

Zehn Minuten später lässt Lotta schweren Herzens diese warme Hand wieder los. Glücklich, dass Luca sie nicht rasch wie immer zurückzog. Sie steht auf und wirft Luca die Kleidung zu.

„Zieh dich an, gleich geht es weiter. Wir fahren rüber."

Luca öffnet verwirrt die Augen, aber gehorcht widerspruchslos. Kaum sind sie fertig angezogen erblickt Luca tatsächlich etwas auf dem See, dass sich ihnen langsam nähert. Ein Ruderboot? Eine schwimmende Insel? Nein, es ist ein seltsam gekleideter junger Mann auf einer riesigen Schildkröte. Er trägt einen grünen Frack auf blanker Brust und einen Zylinder in schweinchenrosa auf seinem langen roten Haar. Das Gesicht ziert ein aufgezwirbelter roter Schnurrbart. Unter diesem seltsamen Oberkörperdress trägt er eine knielange, blaugepunktete Badehose zu grellgelben Badelatschen.

Lotta steht strahlend, wie ein kleines Kind vor einem riesigen Berg rosafarbener Zuckerwatte, am Ufer. Sie hüpft aufgeregt von einen Fuß auf den anderen und klatscht freudig in die Hände.

Luca reibt sich die Augen. Drei Mal. Kneift sich schmerzhaft in den Arm. Vier Mal. und kann es immer noch nicht glauben. Ist das alles nur ein seltsamer Traum?

Lotta springt schon übermütig auf die Schildkröte und setzt sich auf die kleine Bank, die auf deren Rücken befestigt wurde, während Luca immer noch am eigenen Verstand zweifelnd, am Ufer steht.

„Hi, ich bin Lotta. Wir wollen über den See."

„Ja, ich weiß. Ich bin Kokopelli. Der Mann mit dem Schildkrötenexpress."

„Luca, was ist los? Komm schon! Hüpf rauf, wir haben doch keine Zeit!" lacht Lotta ausgelassen und winkt Luca fröhlich-einladend heran.

Wie in Trance, steigt Luca ebenfalls auf die Schildkröte. Jetzt ist der Panzer voll. Mehr geht da nicht. Luca kriegt kein Wort mehr heraus. Das schießt einem doch das ganze Hirn weg! Wie kann so etwas sein? Da steht ein Mann, auf dem Rücken einer Schildkröte vor ihnen. Er hat einen Zügel in der Hand und lenkt damit die Schildkröte durch den See. Hinter ihm, am Panzer festgebunden, ein kleines Sitzbänkchen für zwei Leute, mit der Aufschrift „Kokopellis Schildkrötenexpress", auf welchem sie Platz genommen haben. Als wäre es das normalste auf der Welt, auf dem Rücken einer Schildkröte überzusetzten!

„Wo möchtet ihr hin?"

„Zum Baum der Wünsche!" antwortet Lotta ihm mit tiefster Überzeugung.

„Wirklich? Das ist super. Ich glaube ihr schafft das!" nickt Kokopelli enthusiastisch nach hinten.

„Sag mal Kokopelli, wie lange hast du schon diesen Schildkrötenexpress?" fragt Luca immer noch völlig ungläubig. Wie kann das sein, dass da zwei Leute sind. Auf einer Schildkröte. Über einen See fahrend. Und reden als sei es das normalste auf der Welt?!

„Seit einem Jahr. Ich habe Molli hier verletzt am Strand gefunden und gesund gepflegt. Seit dem ist sie total zutraulich und anhänglich. Am Anfang habe ich sie nur alleine durchs Wasser gefahren. Aber dann kamen immer mal wieder Menschen ans Ufer und wollten gerne übergesetzt werden. Der See ist groß. Man braucht Wochen um ihn zu umwandern. Da hab ich angefangen die Menschen mitzunehmen."

„Gibt es am anderen Ufer einen Ort? Wir haben kein Essen mehr. Kann man da irgendwo etwas einkaufen?"

„Ja, aber es ist noch eine Tageswanderung dorthin."

Luca schaut Lotta ängstlich an. Eine Tageswanderung ohne Essen?

„Aber macht euch keine Sorgen," lacht Kokopelli. „ich hab genug Proviant dort drüben, ich gebe euch einfach etwas davon mit."

„So viel Geld haben wir leider nicht dabei, wir können dir die Überfahrt und das Essen nicht bezahlen." sagt Luca kleinlaut. Das ist jetzt wirklich peinlich. Sie sind einfach auf die Schildkröte gesprungen ohne den Preis vorher abzumachen.

„Ach, gebt mir einfach so viel ihr wollt. Meine Bezahlung ist nicht das Geld. Die Leute bezahlen mich mit Geschichten. Die Überfahrt dauert noch ein Weilchen. Erzählt mir eure Geschichte. Was hat euch hier her geführt, was habt ihr zurück gelassen. Wie wird eure Reise enden? Einfach alles!"

Luca ist völlig hinüber. Das kann einfach alles nicht wahr sein. Das ist einfach zu viel für einen Menschen der Logik und Vernunft. Fantasie ja. Ungezwungene Verrücktheit unbedingt! Aber das hier? Das hat alles nichts mehr mit Fantasie oder durchgeknalltem Freizeitspaß zu tun. Da ist einfach zu viel von Allem.

„Lotta. Lotta mach du das. Ich muss erst mal in mich gehen. Das ist mehr als ich verkrafte!" Luca sinkt völlig geplättet auf der niedlichen, kleinen Schildkrötenexpressbank zusammen.

„Okay Kokopelli, ich erzähle dir unsere Geschichte, aber vorher hab ich noch zwei Fragen an dich: Was hast du an den Baum der Wünsche geschrieben? Und wann hast du Molli gefunden?"

„Zwei gute Fragen! Mein Wunsch war ein abenteuerliches und aufregendes Leben zu haben. Tja und dann, an meinem fünfundzwanzigsten Geburtstag, ging ich um Mitternacht runter ans Seeufer um die Sterne zu sehen, da lag meine arme Molli halb verhungert am Strand."

Das gibt Luca den Rest. Das hebt all ihre bisherigen Überzeugungen aus den Angeln. Erst dieses unheimliche glühen zwischen Lottas Kopf und dem Finger, dann der grüne Schnee, gefolgt von Lottas Schildkrötentaxi und jetzt dieser Kokopelli, der sich ein aufregendes Abenteuer

wünschte und zu seinem Geburtstag über Molli
stolpert! Ist es wirklich alles wahr?

Kapitel 8: Bach's Air on G String - perfect version.

Check 8: Plätzchenteig kneten. Alles zusammenkneten (Butter kalt) bis es homogen ist. Kugel formen und in Frischhaltefolie wickeln. In den Kühlschrank legen.

Auf der anderen Seite des Sees angekommen, gibt Kokopelli ihnen ein großes Paket Kuchen, Brot, Salami und Äpfel.

Luca nimmt zuerst diesen duftenden Laib Brot und riecht gierig daran. Es muss ganz frisch gebacken sein, so herrlich, wie es in der Nase kitzelt. Ein tolles, krosses Brot mit Nüssen darin. Da läuft den beiden direkt das Wasser im Mund zusammen. Luca will sofort ein Stück abreißen, aber Lotta schnappt es vorher weg. „Luca, nein. Das heben wir auf. Für später. Zum Abendessen. Und morgen zum Frühstück."

Heute werden sie die Ortschaft nicht mehr erreichen.

„Lass uns weitergehen und heut Abend machen wir es uns schön gemütlich, am Lagerfeuer, mit dem leckeren Brot."

Lotta gibt Kokopelli ein bisschen was von dem wenigen Geld, das sie eingepackt haben. Das war wirklich dumm von ihnen quasi pleite loszuziehen. Er mag es nicht annehmen, aber Luca besteht darauf.

„Vielen Dank für die Überfahrt Kokopelli, das war einfach unvergesslich. Fantastisch. Daran werde ich mich bis an mein Lebensende erinnern!" Lotta umarmt ihn kurz und gibt ihm ein Küsschen auf die Wange.

Kokopelli läuft tief rot an und schaut verlegen zu Boden.

„Falls du mich mal wieder brauchst, du weißt ja wie ich zu finden bin! Es war mir eine Ehre, dich mitnehmen zu dürfen, denn in dir ruht die Hoffnung. Ich wünsche dir gutes Gelingen."

Kokopelli gibt ihr einen Kuss auf die Hand. Dann klettert er wieder auf Mollis Rücken, dreht sich noch einmal um, winkt und sagt augenzwinkernd: „Grüß mir Brizo recht freundlich!"

Schon düst Molli mit ihm davon. Luca schaut Lotta verwirrt an. „Was war das denn?"

„Keine Ahnung, aber das war doch echt lustig oder?"

Lotta kann sich einfach nicht mehr zurück halten, sie hüpft, wild mit den Armen wedelnd, herum und ruft: „Ich bin mit einer Schildkröte gefahren!" Dann packt sie Lucas Hände, schaut tief in diese wunderbaren, meeralgengrünen Augen und strahlt von einem Ohr bis zum anderen. „Kannst du das glauben? Wir sind mit dem Schildkrötenexpress über einen See gefahren!"

Luca, im Sog dieses Blickes, überwältigt von all dem Wahnsinn, der hier passierte hat keine Worte mehr. Zum ersten Mal im Leben. Kein einziges Wort ist fähig aus dem Mund herausgebracht zu werden. Einfach nur dastehen, festgenagelt von Lottas - vor Lebensenergie überlaufenden - Augen, ist ein fast unmerklich-ungläubiges Kopfschütteln alles, was noch geht.

Luca steht weiter völlig überrumpelt da, während Lotta ihren Freudentanz beendet.

Dann hakt Lotta sich bei der Salzsäule namens Luca ein und nimmt die Säule mit auf den noch vor ihnen liegenden Weg.

Die Landschaft auf der anderen Seeseite ist völlig verändert. Statt des warmen Laubwaldes mit viel Unterholz, wandern sie jetzt durch hohe, duftende Nadelbäume. Eichhörnchen springen durch die Baumwipfel. Es ist deutlich kälter. Dafür ist der Weg durch den Wald nicht mehr so bewachsen. Sie kommen viel leichter voran als in dem dichten Unterholz der anderen Seeseite. Am Nachmittag sucht Luca einen besonders hübschen Baumstamm als Rastplatz aus, holt den niedlich-kleinen Kuchen aus dem Rucksack und teilt ihn vorsichtig in zwei Hälften. Als wäre er ein rohes Ei in seifigen Händen, so achtsam wird dieses Kleinod, auf dem ihn verpackenden, karierten Stofftuch drapiert.

Sie zelebrieren diese Pause als wäre es der höchste Feiertag im Jahr. Nach fünf Tagen nur mit den schnell und unüberlegt zusammengewürfelten Dingen aus ihren Wohnungen, ist dieser Kuchen nun das absolute, kulinarische Zuckerstück ihrer bisherigen Reise. Verzückt-unwürdig schauen sie auf die verteilten Kuchenstücke, verehren sie wie einen mächtigen Gott.

Der Kuchen entpuppt sich beim Teilen als herrlich saftiger, zitronenglasierter Schokoladenkuchen. Selbstgebacken. Gefüllt mit einer weißen Creme. Nachdem Luca die beiden Stücke des Küchleins auf dem Tuch angerichtet hat und die Kuchenanbetung beendet wurde, springt Lotta auf und rennt wortlos davon. Luca sitzt unentschlossen vor dem Kuchen. Essen oder warten? Es duftet so herrlich, der Kuchen sieht so fluffig aus. Und diese cremige Zwischenschicht ruft, ja, schreit förmlich nach sofortigem Verzehr! Na vielleicht wenigstens mal kurz ein bisschen Creme abzupfen? In dem Moment als Lucas Fingerspitze erwartungsvoll in die Creme eintauchen will, lässt Lotta sich mit tadelndem Blick zurück auf den Baumstamm plumpsen.

Breit grinsend lässt sie eine Hand voll Heidelbeeren auf das Tuch kullern. „Kannst du nicht mal fünf Minuten auf den Kuchen warten? Damit wird es noch besser schmecken."

*Lotta drückt vorsichtig je zwei Beeren vorne in die Creme, dann schließen sie die Augen und beißen erwartungsvoll in die Kuchenstücke hinein.

Die Glasur knackt ganz leicht, der fluffige Schokoladenkuchen verteilt sich sofort geschmacksintensiv im Mund und dann, oh großer Kuchengott wir danken dir, explodiert die Geschmackswelt der Vanillecreme gespickt mit den süßen, aufplatzenden Heidelbeeren in den zart-zitronigen Schokoladengeschmack hinein.

Lotta sinkt völlig tiefenentspannt in sich zusammen. Luca seufzt leise, genießend auf.

Nachdem sie den ersten Bissen zelebriert haben, öffnen sie die Augen wieder und versinken ineinander. Ihre Herzen im Einklang schlagend, ihre Gedanken mit derselben Fantasie erfüllt, sitzen sie da, mit dem Kuchenstück in der Hand und wollen beide einfach nur diese dreißig Zentimeter zwischen sich überwinden, gegen alle Regeln, gegen alle Vernunft. Still sehnend nach der Nähe des Unerreichbaren. Hungernd nach dem, was hinter dieser Grenze wartet. Süßer und verführerischer als dieses perfekte Stück Kuchen in den Fingern.

Lotta besinnt sich als erstes wieder.

„Das ist so toll." Schwärmt Lotta, „ich will hier nie mehr weg!" Sie spickt den nächsten Kuchenbissen mit Beeren.

„Ja, lass uns für immer hier bleiben. Du, ich und der Kuchen!" strahlt Luca sie an.

Nach Minuten des Hochgenusses sind die beiden Kuchenstücke leider restlos verschwunden. Sie schauen traurig auf das leere, karierte Tuch zwischen ihnen, als würde ein hypnotisierendes Starren neuen Kuchen daraus hervorzaubern. Als könnte das Anstarren der Leere, die Grenze der Freundschaft zwischen ihnen verschwinden lassen.

„Sollen wir weiter oder zurück zum See?" Luca guckt sehnsüchtig an Lotta vorbei, dahin, wo mehr Kuchen wartet.

Lotta dreht sich um und schielt ebenso begierig in Richtung See. Noch mehr Kuchen. Das ist jetzt echt hart. Lotta ist hin und hergerissen. Allein beim Gedanken an noch mehr Kuchen läuft ihr das Wasser im Mund zusammen.

„Komm Luca, wir gehen weiter. Wenn wir jetzt zurück gehen, werden wir für den Rest unseres Lebens kuchenessend am See sitzen."

„Aber das wollen wir doch oder?"

„Ja. Schon irgendwie." Unschlüssig dreht Lotta sich nochmal Richtung See um. „Aber ich glaube, nach ein paar Tagen wird es langweilig. Und dann schaffen wir es auf keinen Fall mehr zum Baum der Wünsche. Komm, steh auf. Wir gehen weiter zum Dorf."

„Wir kommen aber auf dem Rückweg nochmal hier her? Und dann bleiben wir ein paar Tage."

„Ja. Unbedingt."

Lotta hakt sich bei Luca ein. „Aber jetzt geht es weiter."

Kapitel 9: RIOPY – La Vernatelle (Official Music Video)

Check 9: Plätzchen backen: Teig ausrollen, ausstechen und 10 Minuten bei 160°Umluft in Ofenmitte backen

Sie laufen monoton durch den Nadelwald, der langsam immer lichter wird. Die Sonne geht überraschend früh unter. Es wird im Dämmerlicht deutlich kälter, als die beiden es in den letzten Tagen nachts kannten.

Lotta sammelt Feuerholz, während Luca im letzten Schein des Abendrots das Brot und die Salami zurechtlegt. Den Schlafsack aus dem Rucksack holt. Sich hinsetzt und versucht ein kleines Feuer mit den Nadeln und Ästchen des Waldbodens zu entzünden. Jetzt ist auch noch das Feuerzeug leer. Das war dann wohl das letzte Feuerchen, das sie anzünden konnten. Und das, wo Luca jetzt schon vom Herumkauern auf dem Boden direkt Gänsehaut bekommt und anfängt zu frieren. Wo sind sie hier nur gelandet? Gestern war es noch fast sommerlich.

Diese ganze Odyssee war wirklich unüberlegt und dumm. Ohne Ausrüstung an den Südpol wandern zu wollen. Nur ein Schlafsack, ein einziges Feuerzeug, keine Lampe und nicht mal eine dünne Jacke haben sie mitgenommen. Jetzt sind sie gerade mal ein kleines Stückchen gewandert und es ist schon nachmittags dunkel und scheiße kalt. Wo hat Kokopelli sie nur hingebracht? Solange sind sie ja auch nicht gefahren auf seiner Schildkröte. Jetzt gibt es wirklich keinen Weg mehr zurück, wer weiß ob dieser seltsame Kokopelli am See wieder auftauchen würde.

Da kommt Lotta mit dem Holz und legt es über das kleine Minifeuerchen von Luca.

Sie teilen sich die Hälfte der würzigen Salami und des locker-kräftigen Brotes.

Satt, erschöpft und frierend setzten sie sich zusammengekuschelt in den Schlafsack neben das Feuer und lehnen sich an einen breiten Baumstamm.

*Durch die Spitzen der weit auseinanderstehenden Tannenbäume kann man die Sterne funkeln sehen, die ihnen aufmunternd zuzwinkern.

„Lotta, ich weiß nicht, was ich mir bei der Aktion gedacht habe. Wir wollen zum Südpol und ich habe überhaupt keine Ausrüstung eingepackt. Wir haben fast kein Geld und kein Essen mehr. Keine Lampen. Ich habe keine Ahnung wie es wieder nach Hause geht. Das ist das Dümmste, in das ich dich je mit hineingezogen habe."

„Ach Luca, hör auf. Du hast mich schon in viel dümmere Sachen hineingetrieben als das hier. Morgen früh essen wir den Rest Brot und

Salami und wandern zum Dorf. Es wird sich etwas ergeben. Ganz sicher. Du hast es selber gesagt. Die Magie des Baumes bereitet uns den Weg."

Lotta legt sanft den Kopf an Lucas Schulter.

„Genieß einfach den Moment und schau dir die Sterne mit mir an. Ich bin so glücklich. So erfüllt. So frei. Das ist das Beste was wir je gemacht haben. Ich will nie mehr zurück."

Luca legt den Kopf auf Lottas flauschig-weiche Haare, schließt die Augen und genießt diesen unauffällig-innigen Augenblick. Lottas Duft ist anregend-betörend. Sonst hat sie immer Deo und Parfum an sich. Das riecht bezaubernd. Aber ihr echter Geruch ist sinnesraubend. Sie riecht so verführerisch. Wie ein spätsommerliches Heubad vermischt mit einem Hauch Lavendelblüten. Luca würde am liebsten die Nase an Lottas Hals drücken und sie inhalieren.

Aber jetzt einfach mal so angekuschelt sitzen ist auch okay. So könnte es für immer sein. Lotta an der Schulter, den betörenden Duft in der Nase. Das zarte Rauschen des Windes vermischt mit dem romantischen Knistern des Feuers. Nein, das wäre zu quälend. Aber das hier könnte der Anfang von etwas Großem sein. Vielleicht ist es ja gar nicht nötig, Lotta die Wahrheit zu sagen, vielleicht wären Taten auch okay? Der Wunsch am Baum ist jedenfalls keine Lösung. Je mehr dieser komischen Dinge passieren, desto stärker glaubt Luca selber an den magischen Weg. Die unwahrscheinliche Möglichkeit, dass es den Baum tatsächlich gibt und Lotta ihn in nur zwei Wochen erreicht, wird immer realer. So früh wie es dunkel wurde und kalt wie es ist, müssen sie plötzlich viel weiter im Süden sein, als möglich. Was soll also mit dem Wunsch geschehen, wenn sie vor dem Baum stehen? Luca kann unmöglich diesen Wunsch an sich reißen und sich so etwas Banales wünschen, wie einen Kuss von Lotta. Was wäre das für eine Beziehung, in der Lotta durch Magie zur Liebe gezwungen wird? Eine beschissene. Außerdem wäre alles aus diesem Märchen wahr. Auch der magische Baum, der Lotta, das Kind mit den staunenden Augen und reinem Herzen, zu sich geführt hat. Dann müsste Lotta wenigstens die Möglichkeit haben, ihren Wunsch zu behalten. Die Welt zu erlösen. Meinte Kokopelli das, mit der Ehre die ihm zu Teil wurde? Ist Lotta, dieses warmherzige, liebevolle Mädel die Auserwählte? Diese Reise macht einen völlig verrückt!

Luca öffnet die Augen und schaut schräg hinunter auf Lottas volle, rote Lippen. Sehnsucht zerreißt Lucas Herz. Sie ist so nah und doch so fern.

Taten. Lass Taten sprechen. Das wäre jedenfalls einfacher als endlich den Anfang für das peinliche „ich hab mich in dich verliebt" - Gespräch zu finden. Eigentlich müsste nur noch der Arm ein bisschen rum und der Kopf ein bisschen runter.

Dann wäre Lotta genau in perfekter Kussposition. Luca fängt an, unmerklich den Arm zwischen Lotta und dem Baum hindurch zuschieben. Zentimeter für Zentimeter, bis er endlich mit der Hand neben ihrer Hüfte zu liegen kommt. Da ist der Arm gut platziert. Da kann er leicht hochgehoben werden um Lotta näher heran zu drücken. Jetzt nur noch ein bisschen rüber drehen und ein bisschen weiter runter mit dem Kopf.

Da streckt Lotta plötzlich den Arm nach oben in den Himmel und stoppt Lucas kleine, unscheinbare Annäherung.

„Da, schau dir mal die Sterne an. Die sehen total anders aus als gestern Nacht."

Völlig entmutigt schaut Luca endlich auch in die Sterne.

„Ja. Das ist nicht der Sternenhimmel, der bei uns stand. Seltsam."

„Oh mein Gott, war das ein Zaubersee? Vielleicht hat Kokopelli uns mit Magie nach Süden gebeamt!"

„Lotta, ich weiß es nicht. Diese ganze Reise sprengt meinen Verstand. Aber ja, warum nicht. Ein magischer Schildkrötenexpress wäre auch nicht unwahrscheinlicher als ein normaler."

„Oh stell dir vor wir würden morgen in Terheim ankommen, wär das nicht cool?" Lotta grinst selig vor sich hin. „Ich bin so müde, lass uns hinlegen und schlafen."

Luca legt den Schlafsack neben das Feuer. Lotta krabbelt hinein, legt sich auf die Seite und bedeutet Luca hinter ihr reinzuschlüpfen.

Zum Glück schimmert im Licht des Feuers alles um sie herum rötlich-orange. Luca hat bestimmt die Farbe der wuschelig-roten Haare jetzt auch im Gesicht angenommen. Das kommt unerwartet und plötzlich. So nah. Löffelchen. Die einzige Möglichkeit zu zweit in den Schlafsack zu passen und nicht draußen zu erfrieren. Nachdem Luca dazu gerutscht ist und verzweifelt eine Armposition als hinterer Löffel sucht, die nicht zu innig ist, kommt der nächste überraschende Satz. Lotta packt Lucas Hand und zieht sie über ihre Hüfte.

„Umarm mich! Ich weiß wirklich nicht wie wir sonst zusammen hier im Schlafsack liegen sollten."

Das lässt Luca sich nicht zweimal sagen. Den Arm um Lottas Taille, die Stirn an ihrem Hinterkopf, die Nase in den seidigen Haaren. Das ist mehr als Luca jemals gehofft hatte mit Lotta zu erleben.

„Lotta, ich brauche den Wunsch nicht für mich oder uns." flüstert Luca in die Nacht hinein. „Wenn wir wirklich zum Baum kommen, dann mach mit dem Wunsch was du für richtig hältst. Es ist schon super toll einfach mit dir hier auf der

Reise zu sein. Dieses Abenteuer werde ich nie
mehr vergessen."

Luca sinkt noch tiefer mit der Stirn in Lottas
Haare. Es ist der Himmel auf Erden. Eine ganze
Nacht Lotta im Arm halten. Eine ganze Nacht lang
Lottas Wärme aufsaugen und diesen perfekten
kleinen Hintern im eigenen Schoß spüren.

Luca schnuppert noch einmal unauffällig an
Lottas Haar und schläft glücklich ein.

Kapitel 10: 130105 A.Corelli Concerto grosso op.6 n.8 'Fatto per la notte di Natale' I Vivace Grave Allegro

Check 10: Shoppen gehen. Egal ob online oder real: 1/3 der Geschenkeliste besorgen. Priorität liegt auf: nichtverderblicher Ware, die nicht im Internet bestellbar ist. (Innenstädte und Einkaufszentren sind ab morgen Sperrgebiet, da überfüllt)

Lotta wacht am nächsten Vormittag als erste wieder auf, ihr Bauch grummelt und knurrt vor Hunger wie ein kleiner Bär. Sie genießt es zwar, in Lucas Armen zu liegen, aber Frühstück wäre  jetzt auch nicht schlecht. Um sich die Zeit zu vertreiben bis Luca aufwacht und um nicht weiter an den knurrenden Magen zu denken, kuschelt sie sich noch ein bisschen näher an und grübelt über Lucas Worte nach. Luca hat Recht, diese Reise alleine ist schon super toll. Das ist mehr Grenzenlosigkeit und Verrücktheit, als sie sich im Leben je erwartet hatte. Sie ist einfach rundum zufrieden, hier auf dem Waldboden, im Schlafsack mit Luca. Sie ist glücklicher als sie es je war. Kein Hotelbett, kein schickes Sternemenü, nichts kam an das Gefühl heran, das sie gerade hier hat. Das Empfinden der endlosen Freiheit. Der Zwanglosigkeit. Einfach nur im Hier und Jetzt zu sein. Keine Pflichten. Keine Termine. Kein Stress. Gleichzeitig so geborgen und sicher. Obwohl sie keine Ahnung hat, was der Tag bringt, was die nächste Woche bringt. Wo das alles Enden soll. Hoffentlich am Baum der Wünsche!

„Mache mit dem Wunsch was du denkst." Ja, der Wunsch sollte nicht für sie oder Luca sein. Aber was löst alles Leiden dieser Welt? Der Antwort ist Lotta noch keinen Schritt näher gekommen. Toleranz vielleicht? Wäre die Welt besser, wenn jeder toleranter wird? Ja schon. Aber reicht das aus? Was wäre mit dem Hungerleidenden, mit dem Kranken? Der würde trotzdem weiter Hungern, weiter leiden, ohne dass sich jemand um ihn kümmert. Nein, Toleranz kann nicht die Lösung sein. Sie wäre ein Teil des großen Ganzen. Aber einfach nur leben und leben lassen ist zu wenig.

Langsam bewegt sich auch Luca im Schlafsack und scheint aufzuwachen.

„Hey Luca, gut dass du wach wirst. Ich verhungere gleich."

Lotta robbt oben aus dem Schlafsack. Zentimeter für Zentimeter. Nach dem ihr Kopf und die Schultern komplett rausgucken rutscht sie so schnell es geht wieder zurück.

„Das ist scheiße kalt da draußen."

„Es ist auch scheiße dunkel da draußen. Meine Uhr sagt es ist schon fast zehn und die Sonne geht gerade erst auf."

„Zehn Uhr?!?" ruft Lotta entsetzt. „Da hilft alles nix. Wir müssen weiter. Raus in die Kälte!" Lotta zieht am Reißverschluss und schlägt brutal den Schlafsack auf. Die Kälte lässt Luca aufspringen und fluchend nach Pulli und Schuhen suchen.

Zehn Minuten später hat Lotta es geschafft, die Glut doch wieder etwas zum Brennen zu bringen und sie wärmen sich - Salami essend und Brot röstend - am Feuer, bis die Sonne aufgegangen ist.

Lotta marschiert fröhlich der Linie hinterher, der sie seit kurzem folgt. Im großen Bogen wandern sie nach links auf einen modrig-morastigen Sumpf zu. Der Geruch nach Aas wird immer stärker, nimmt ihnen den Atem. Das Wasser ist stellenweise schon eingefroren, so kalt ist es hier. Aus diesem brackigen, angefrorenen Todessee ragen kleine, grasig-schilfige Trittinseln heraus.

„Es geht da durch." Lotta hält sich die Nase zu, ihr ist jetzt schon schummrig von dem Gestank. Sie schaut Luca fragend an. „Wir können auch versuchen außen rum zu gehen und den Weg wieder zu finden. Was meinst du?" Hoffnungsvoll schaut sie nach links und rechts und sucht das Ufer nach einem Pfad ab.

„Ich vertrau dir voll und ganz. Wenn du sagst es geht da durch, dann gehen wir da durch. Und wenn wir dabei ersticken."

Lotta nickt, dreht sich zum Sumpf. Schließt die Augen. Fühlt nach dem Weg. Glaubt an den Weg. Glaubt an sich. Versucht den Geruch zu ignorieren. Öffnet die Augen und sieht im Dampf des Moores eine gepunktete, leuchtende Linie. In allen Farben des Regenbogens schweben kleine Leuchtkugeln über bestimmten Stellen. Sie fasst Lucas Hand, vorsichtig, um die schwebenden kleinen Sonnen nicht zu verscheuchen und sicher zu gehen, dass sie nicht träumt. Um sich zu versichern, dass da jemand neben ihr steht der echt ist. In dem Moment, da sie Lucas Hand greift, fängt das Licht an um ihre Hände zu wabern. Luca blickt fasziniert auf diese elektrisierten Hände. Wie damals. Nur mehr. Es kribbelt leicht. Es ist weder warm noch kalt. Würde man nicht hingucken, würde man es gar nicht bemerken. Aber es fühlt sich richtig an. Da ist irgendetwas unerklärliches, das sie verbindet. Irgendeine alte Magie, die keiner mehr kennt. Die Aura ändert wabernd und fließend die Farbtöne. Von blau zu lila zu pink. Mal mehr orange, mal mehr rot. Grün. Grünblau. Luca könnte bis ans Lebensende hier stehen und diese farbumwobenen Hände betrachten.

„Luca, siehst du die Lichter?" flüstert Lotta um sie nicht zu verscheuchen.

Lichter? Luca hebt langsam den Kopf und sieht sie, wie kleine Kerzen über dem Sumpf schwebend. Es sieht fantastisch aus. Dieses Glimmen im Nebel. Das Farbwechselspiel, das sich unendlich über das riesige Moor verbreitet und die Nebelschwaden in der Ferne sehnsüchtig-wartend rufen lässt. Während das sumpfige Wasser den Gestank verwesender Kadaver ausströmt. Die Lichter sind wie kleine Leuchttürme der Hoffnung am Ort des sicheren Todes.

Nach einer Stunde des Zickzacks von einem Grashügelchen zum anderen erreichen Sie endlich trocken und sicher das Ende dieses seltsamen Ortes und stehen am Waldrand, auf einem kleinen Berg. Den Anstieg hatten sie kaum gemerkt, so schleichend langsam muss der Weg vom See über den Sumpf nach oben geklettert sein. Oder war der Sumpf einer dieser magischen Orte? Der sie unmerklich durch die Welt gebeamt hat?

Ihre Blicke schweifen fasziniert über ein sanftes Tal, an dessen Ende ein riesiges Gebirge emporragt. Eine Straße schlängelt sich gelblich-ockerfarben durch die schneebedeckten Wiesen des Grundes. Ein Wasserfall rauscht dort schäumend über die Kante des Gebirges hinunter in einen kleinen See, um dann friedlich neben der Straße weiterzufließen. Zumindest im Hochsommer. Jetzt ist der Wasserfall fast zugefroren, der Bach erstarrt.

Und dort am Rand des Sees, da stehen kleine Häuser mit spitzen Dächern. Vielleicht fünfzehn oder auch zwanzig. Sie scheinen sich unter der Schneelast nach unten zu biegen.

Dieses Tal ist die perfekte Bilderbuchidylle, die am Ende allen Seins auf uns wartet.

Luca fällt ein riesiger, tonnenschwerer Stein vom Herzen. Sie sind gerettet. Egal was das für ein Ort ist, es wird Essen geben und ein Telefon. Sie könnten sich ein Auto mieten. Von hier aus können sie auf alle Fälle wieder sicher nach

Hause kommen. Sie sind nicht für immer verloren in diesem endlosen Wald und müssen nicht kläglich verhungern. Aber erfrieren, wenn sie nicht schnell weitergehen.

Lotta fasst erneut Lucas Hand und sofort kann Luca die Lichtspur wieder sehen. Sie führt hinab ins Dorf. Luca hebt die verbundenen Hände hoch und küsst Lottas Handrücken.

„Danke, dass du an all das geglaubt hast. Lass uns schnell ins Dorf hinunter, mir ist kalt und es dämmert schon wieder."

Sie laufen los.

„Du hast mir das doch alles eingeredet. Warum bist du jetzt so überrascht? Ich habe nur begonnen daran zu glauben, weil du so überzeugt davon warst. Was wolltest du denn wirklich? Das passte ja auch gar nicht zu dir, hier länger als bis Mittag herum zu wandern."

„Ich kann dir das nicht sagen. Ich wollte es dir erzählen, aber ich kann es einfach noch nicht. Das mit dem Baum war eigentlich nur ein Vorwand, dich aus dem Haus zu locken. Aber mittlerweile ist so viel Seltsames passiert. So viel was nicht sein kann, aber ist. Ich will wissen wo, uns das Ganze hinführt. Wenn wir diesen Weg beendet haben, dann erzähl ich dir, was ich wollte. Okay? Ich will dich da jetzt nicht irgendwie komisch beeinflussen."

„Du bist mysteriöser als diese Reise!"

„Ja, aber das hat ja bald alles ein Ende. Morgen in einer Woche hast du Geburtstag. Du wirst dich also noch acht Tage gedulden müssen."

Sie kommen an einem zugeschneiten Ortsschild vorbei. Luca hält an und wischt den Schnee ab. Terheim.

Lotta springt Luca um den Hals, küsst die rosige Wange.

„Das ist unmöglich Lotta! Wie konnten wir in sechs Tagen tausende von Kilometern wandern? Ich weiß - die Magie des Baumes, der Weg der uns leitet. Aber ich kann es trotzdem nicht glauben. Ich stehe hier und weiß, es ist alles wahr. Es ist alles so passiert. Aber das ist unmöglich! Träume ich nur?"

Lotta kneift fest in Lucas Oberarm.

„Aua. Was soll das?"

„Traumcheck." lacht Lotta augenzwinkernd und zuckt unschuldig mit den Schultern.

Lotta schaut sich um, keines der Häuser sieht besser aus als das andere. Die Spur führt einfach gerade durch den Ort hindurch.

*„Wir müssen hier einen Unterschlupf für die Nacht finden. Es ist drei Uhr nachmittags und schon fast dunkel."

„Ja, die Spur gibt keinen Hinweis. Lass uns einfach an den Türen klopfen. Vielleicht hat ja jemand ein bisschen Erbarmen mit uns."

Frierend vom Herumstehen klopfen sie an die erste Tür. Ihnen öffnet ein grauhaariger alter Mann, mit Falten im Gesicht, die tiefer sind als der Grand Canyon.

„Hi, wir sind Luca und Lotta. Wir sind auf dem Weg zum Baum der Wünsche und brauchen dringend etwas zu Essen, warme Sachen und Ausrüstung. Könnten Sie uns bitte helfen?"

Der alte Mann mustert die beiden von oben bis unten und grummelt vor sich hin. „Habt ihr Geld dabei? Übernachtung macht zwanzig pro Nase. Ausrüstung bekommt ihr im dritten Haus neben der Dorfeiche."

„Tut mir leid, aber nein, wir haben nur noch fünf dabei."

„Dann seht zu, dass ihr verschwindet.", schimpft er speichelspukend und schlägt ihnen die Tür vor der Nase zu.

„Uh, der war aber ruppig."

„Egal, beim nächsten wird es besser laufen."

Nach zehn weiteren Häusern, zehn weiteren Menschen, alt, jung, Männer, Frauen, Kinder, stehen sie fast erfroren an der Dorfeiche.

Lotta ist den Tränen nahe. Ihr ist so kalt und kein Haus mehr übrig. Der Laden hat horrende Preise, die könnten sie selbst mit ihrer Kreditkarte nicht bezahlen.

„Sollen wir vielleicht noch mal bei dem Kind klingeln? Vielleicht lassen sie uns dort telefonieren. Die waren ja noch am freundlichsten. Dann können wir wenigstens einen Hilferuf nach Hause absetzen." Luca nimmt Lotta einmal fest und tröstend in den Arm.

Kapitel 11: Johannes Brahms: Hungarian Dance No. 21 Vivace – Piu presto(arranged by Göran Fröst)

Check 11: Adventsspaß: Alle vorhandenen Geschenke verpacken und beschriften

*Lotta will gerade zustimmen, als eine alte, dicke, in Fell eingemummelte Frau fröhlich den Weg herunterkommt. Am Krückstock hopsend. Alle paar Schritte - trotz des Stocks -  oder vielleicht gerade wegen ihm - zur Seite hochspringend und die Füße zusammenklatschend. Immer mal wieder zwischendurch wild winkend. Sie steuert, von einem bis zum anderen Ohr strahlend, direkt auf Luca und Lotta zu.

Bei ihnen angekommen, drückt sie Luca den Stock in die Hand, schiebt sich die dicke Kapuze vom Kopf, zieht die Felljacke umständlich aus und gibt sie Lotta. Dann reicht sie den Stock an Lotta weiter, zieht mühevoll eine zweite Felljacke aus und gibt sie Luca.

Jetzt mit nur noch einer Felljacke am Körper scheint die Dame doch eher hager und zäh zu sein als mopsig.

Sie verbeugt sich tief und elegant. „Hi Lotta, ich bin Brizo!"

Während Lotta sich hastig die warme Jacke anzieht mustert sie fasziniert das alte, von Lachfalten gezeichnete Gesicht der kleinen, rüstigen Dame.

„Woher weißt du meinen Namen?" strahlt Lotta sie irritiert an. Sie hat vor lauter Verwirrung völlig vergessen, sich für die warme Jacke zu bedanken.

„Es hat sich herumgesprochen, dass du unterwegs bist. Da dachte ich mir, ich geh mal gucken, ob ihr schon da seid. Die grummeligen Stadtbewohner hier lassen euch doch nicht rein. Kommt mit, ich wohne hinten auf der andern Seite. Am Wasserfall!"

Luca und Lotta lassen sich das nicht zweimal sagen.

Fünf Minuten später erreichen sie das Seeufer. Der Teich kuschelt sich innig-idyllisch ans Bergmassiv. Aus der Mitte der Eisfläche ragt eine einzelne Insel empor, bewachsen mit einem einzigen, krummen, alten, knorrigen Baum. Wie die Hand eines auferstehenden Zombies ragt das blattlose Gerippe aus der Erde heraus.

Der gefrorene Wasserfall schimmert im Abendrot und verpasst dem Berg eine rosa-orangene Zuckergussglasur, die sich auf den weißen, schneebedeckten See ergießt. Als hätte ein Riesenkind sein Törtchen verziert.

Das wenige Wasser in der Mitte, welches noch nicht eingefroren ist plätschert ganz zart,leise und beruhigend am Eisfall herunter.

Fasziniert in dieses poetische Bild der Natur versunken, stolpert Lotta tollpatschig über eine Bodenmulde, greift nach Lucas Arm und zieht Luca hinter sich her. Mit dem Gesicht voran in die Schneewehe.

Jeglicher Versuch sich aus diesem pulvrig-kalten Schneeberg zu befreien scheitert kläglich, bis Brizo beherzt mit ihrem Stock erst Luca und dann Lotta im Kleidungsrand am Genick einhakt und kräftig nach hinten zerrt.

„Scheiße war das kalt." flucht Luca vor sich hin und versucht die Schneereste aus dem Gesicht zu wedeln.

„Uuups." Kommt es lachend von Lotta. „Gut dass wir Brizo dabei haben!" Sie klopft sich den Schnee von der dicken Jacke.

„Ach Brizo, wir sollen dich von Kokopelli schön grüßen!"

„Danke Dir. Welchen Kuchen hat er euch gegeben?"

„Schokolade mit Vanillecreme. Wir haben ihn noch mit Heidelbeeren aufgepeppt."

„Ahhh. Das ist sein Bester! Heidelbeeren? Jaaa, ich glaub das gibt ihm noch einen letzten Kick." Brizos Augen leuchten begeistert. „Und da seid ihr nicht umgekehrt?"

„Nein. Es war hart. Aber nein."

Brizo lächelt selig vor sich hin und reibt Lotta aufmuntert am Oberarm.

Luca schaut nochmal einmal über den See. Es ist idyllisch und einsam hier draußen. Aber auf ihrer Seite steht kein einziges Haus.

„Brizo, ist es noch weit? Meine Füße sind so kalt, ich glaub mir frieren gleich die Zehen ab."

„Natürlich, eure Füße!" ruft sie die freie Hand in die Luft werfend. „Nein. Kommt schnell mit. Nur noch drei Minuten."

Sie laufen Brizo weiter Richtung Wasserfall hinterher. Dort angekommen stehen sie verdutzt an der kahlen Felswand und wundern sich, was sie hier sollen. Da schlüpft Brizo plötzlich durch einen schmalen Spalt zwischen Eis und Wand.

Sie folgen angespannt.

Hinter der Eiswand führen grob in den Stein gehauene Stufen zu einem schwach erleuchteten Höhleneingang in zwei Metern Höhe. Sie können gerade noch Brizos Mantel in die Höhle hineinschwingen sehen.

Es ist schwer mit den Wanderstiefeln und den schmerzend-gefühllosen Füssen die vereiste Treppe zu erklimmen, aber fast oben angekommen spüren sie einen motivierend-warmen Luftzug aus dem Höhleneingang herausströmen.

Kaum stehen sie in diesem, sehen sie Brizo. Sie sitzt an einem warmen-knisternden Feuer. Rührt in einer dampfenden, herrlich riechenden Kartoffelsuppe, die im Kessel darüber blubbert. An den Wänden stapeln sich Felle, Mützen, Schuhe.

Lotta und Luca humpeln zum Feuer, sinken auf eines der Bärenfelle, ziehen die Schuhe und Socken aus und strecken die rot-blauen Füße Richtung Wärme. Im Gleichklang seufzend, lassen sie sich nach hinten auf den Boden abrollen und genießen es, langsam wieder Gefühl in ihre Zehen zu bekommen.

Nach ein paar Minuten setzen sie sich wieder auf. Wärmen die Hände. Ziehen die Jacken aus und wärmen sich den Rücken.

Brizo bringt dicke Socken und Fellstiefel. Fellhosen. Dicke Pullis. Ohrenklappenmützen. Megawarme Handschuhe.

„Brizo, das ist echt lieb von dir. Aber wir können das nicht bezahlen!" sagt Luca traurig. „Wir haben nur noch einen Fünfer dabei."

„Ihr müsst mir nichts bezahlen. Es ist schon eine Ehre euch hier treffen zu dürfen. Jetzt sei schön still, behalt die Kleidung und iss erst mal deine Suppe, Kindchen."

Luca verstummt sofort und schaut Lotta eingeschüchtert an. Lotta schlürft derweil schon quietschvergnügt den ersten Löffel der warmen Suppe. Es ist das erste heiße Essen seit Tagen.

Die sämige Kartoffelsuppe lässt ihre Geschmacksknospen explodieren. So herrlich deftig. Mit einem Hauch von Majoran. Sie tunkt ein Würstchen in den bereitgestellten Senf und beißt ab. Ach ja, hier könnte sie bleiben. Sie bedeutet Luca auch endlich zu Essen. Luca nimmt den ersten Löffel und seufzt auf, bei dem wärmenden Gefühl, welches das heiße Gold vom Bauch bis in die Finger und Fußspitzen ausströmen lässt.

„Brizo, das ist das Leckerste, was ich je gegessen habe."

Dösig, satt und zufrieden. Warm ans Feuer gekuschelt schlafen Lotta und Luca mit den Suppenschüsseln in den Händen ein.

Als Brizo ihnen die Schüsseln abnimmt, wacht Lotta noch einmal ganz kurz auf.

„Brizo, was hast du dir eigentlich vom Baum gewünscht?"

„Nie mehr frieren zu müssen."

Schon schläft Lotta wieder tief und fest.

Irgendwann beginnt Luca seltsam zu träumen. Von keifenden Affen, die in tropischen Bäumen sitzen. Es ist so schön warm hier am Strand. Luca schaut sich um. Wir waren doch in dieser kalten Stadt am Gebirge, wo ist Lotta? Was ist hier los? Luca hört sich das Gekreische der Affen genauer an. „Wach auf! Wach auf! Wach auf!" brüllen sie.

Luca will nicht, aber die Affen springen jetzt aus den Bäumen und fangen an in Beine und Füße zu zwicken und zu beißen. Unter größten Mühen schafft Luca es endlich aus dem Traumland heraus in die Realität. Mit viel Mühe und Wiederwehr. Lotta schlummert noch immer selig am Feuer, die alte Dame ist weg.

Von draußen dringt das kreischen spielender Kinder herein. Wie viel Uhr ist es denn? Zwölf Uhr mittags!

Luca rüttelt an Lotta herum.

„Luca, was ist denn los? Lass mich schlafen!"

„Es ist schon Mittag!"

„Nein, ich hab gerade erst die Augen zu gemacht, lass mich schlafen."

„Lotta wach jetzt auf!"

Keine Reaktion. Luca weiß keinen Ausweg mehr. Erst mal in diese warme Kleidung springen. Dann rausgehen und einen Eimer voll Schnee holen. Eine Handvoll davon genommen und schön Lotta ins Genick gerieben!

Lotta springt hoch.

„Was soll die Scheiße?"

„Auch endlich wach? Es ist zwölf Uhr mittags!"

„Was? Warum hast du mich nicht geweckt?!"

Luca zieht die Augenbrauen hoch und blickt mit einer weiteren Hand voll Schnee - ungläubig über Lottas geistige Höchstleistung -zu ihr. „Echt jetzt?"

„Warum hat Brizo uns nicht geweckt?"

„Vielleicht sind das Prüfungen? An deinem Charakter. Tests, ob du weiterläufst?"

Lotta schlüpft in die Kleidung und sie stürmen beide hinaus in die Kälte, um endlich wieder voranzukommen. Nach wenigen Metern sitzt Brizo auf einer Bank und winkt ihnen fröhlich zum Abschied zu. „Grüßt mir Ilmatar ganz herzlich!"

Lotta will noch etwas entgegnen und sich bedanken, aber da ist Brizo schon verschwunden und auf der Bank steht ein einsamer Rucksack.

„Das war echt seltsam."

„Was?"

„Na Brizo auf der Bank, dass wir Ilmatar grüßen sollen."

Luca schaut Lotta verwirrt an.

„Da saß doch gar keiner."

„Doch Brizo und jetzt steht da ein Rucksack." Lotta geht zur Bank und öffnet ihn. Er ist bis obenhin voll mit Essen. Sie schüttelt den Kopf und dreht sich lachend um.

„Luca, wir werden nicht schlauer. Wir sind komplett ohne Proviant losgestürzt."

Luca tritt auch an die Bank heran und guckt neugierig in die Tasche. „Was ein Glück, hat Brizo daran gedacht."

Kapitel 12: Vivaldi Four Seasons: Winter (the Four Seasons),1 st mvt. Cynthia Freivogel & Voices of Music 4K UHD RV 297

Check 12: Einkaufen für Plätzchenrunde 2: 125g Butter/ 100g Puderzucker/ 2 Vanillezucker/ 1 Ei (Eiweiß)/ 100g Speisestärke/ 125g Mehl

„Luca ich kann nicht mehr."

„Doch. Komm." Luca nimmt Lotta bei der Hand, sieht die regenbogenwabernde Linie am Boden und führt sie weiter bis zurück auf die Anhöhe.

Hier stehen sie zum zehnten Mal. Es ist der Knotenpunkt der Irrwege. Alle kommen wieder hier her. Sie haben jeden einzelnen Weg in den letzten zwei Tagen abgelaufen. In jede Richtung, um sicher zu gehen, dass sie keine Abzweigung übersehen haben. Aber jedes verdammte Mal landen sie wieder hier.

Luca setzt sich auf einen der Felsbrocken, die aus dem Schnee herausragen und holt die letzten Müsliriegel aus dem Rucksack hervor.

Brizo hat ihnen Brot, Schinken, Käse und eine große Schachtel selbstgebackener Wanderriegel in den Rucksack gelegt. Luca hat noch nie so leckere Müsliriegel gegessen. Bananig-süß. Nicht zu fest. Sättigend. Brizos Riegel haben sie gut über die letzten zwei Tage gebracht. Ja, so langsam könnte man mal wieder etwas anderes essen als Müsliriegel und Brot. Aber woher nehmen in diesem kargen und verschneiten Hochgebirge?

Ihre Vorräte sind wieder fast aufgebraucht.

„Hier Lotta, nimm noch einen letzten Riegel."

„Danke. Es ist doch alles sinnlos. Seit zwei Tagen irren wir hier oben in der Kälte herum. Buddeln uns nachts in Schneelöcher ein."

„Ach das wird schon noch. Lass uns erst mal kurz ausruhen und eine Kleinigkeit essen. Der letzte Anstieg war fürchterlich."

Nach ein paar Minuten des Schweigens und Auftankens setzt Luca wieder an.

„Also, wir haben kaum noch Proviant. Es hat wohl keinen Sinn hier weiter im Kreis zu rennen. Möglichkeit eins: Abstieg nach Terheim. Möglichkeit zwei: Wir schlagen uns selber weiter durch, immer Richtung Süden."

„Möglichkeit drei. Wir bleiben hier sitzen und warten aufs Frühjahr. Das wär mir im Moment die liebste Variante. Ich will keinen einzigen Meter mehr durch diesen Schnee oder den kalten Wind stapfen. Ich grab mich jetzt hier ein und mach Winterschlaf, bis das Frühjahr kommt."

Lottas schmollend-wütendes Gesicht entspannt sich von einem Moment auf den anderen und ihr laufen stille Tränen der Enttäuschung die

Wangen hinunter. Sie ist so eine Versagerin. Unfähig die richtige Spur zu finden. Es ist alles umsonst gewesen. Sie hatte sich schon so auf den Baum gefreut. Sie hat zwar nur eine leise Ahnung von dem, was sie sich wünschen sollte, ein leises Anklingen ganz hinten in ihrem Kopf, welches sie versucht nicht zu verscheuchen. Von dem sie hofft, es würde einfach mal als feste Idee zum Vorschein kommen, wenn sie nicht darüber nachgrübelt und zwanghaft versucht, die Idee an die Oberfläche zu ziehen. Aber allein den Baum zu sehen, das wär schon toll gewesen. Ihr Kindheitstraum.

Sie knabbert demotiviert am letzten Stück ihres Müsliriegels. Lässt die Süße der Datteln auf ihrer Zunge tanzen und sich mit dem weich-kräftigen Aroma der reifen Bananen vermischen. Ja, sie hat es in den Sand gesetzt. Zwei Tage verschwendet auf der Suche nach dem Weg durch dieses Gebirge und keinen Schritt weiter gekommen. Sie wird den Baum der Wünsche nicht mehr erreichen.

*Luca steht auf und drückt Lottas Kopf einmal fest und beruhigend an sich. Streichelt ihr über den Rücken. Nimmt sie an den Schultern, beugt sich zu ihr hinunter und schaut fest in diese bernsteinfarbenen, von Tränen schwimmenden Augen. „Wir geben hier und jetzt nicht auf!"

Luca lässt Lotta wieder los, richtet sich zu voller Größe auf und sagt in strengem Ton, wie zu einem kleinen Kind. „Du kannst dich jetzt

entscheiden. Wir gehen entweder weiter." Und deutet Richtung Süden. „Oder wir kehren um, holen nochmal Proviant in Terheim und gehen dann auf eigene Faust hier durch die Berge. Aber wir gehen durch dieses scheiß Gebirge. Komme, was da wolle!"

Lotta schaut verdutzt zu Luca auf. So hat schon lang niemand mehr mit ihr gesprochen! Bei Luca tickt es wohl nicht mehr ganz richtig im Oberstübchen! Wild schnaubend springt Lotta von ihrem Felsblock hoch und stemmt die Arme in ihre Seiten. In dem Moment in dem sie kratzbürstig zurückkeifen will, verwandelt sich Lucas Gesicht in ein strahlendes Lächeln.

„Na bitte. Da ist sie zurück. Meine wildentschlossene und tatkräftige Lotta."

Lotta steht zähnefletschend und sprungbereit da. Erstarrt in ihrer Bewegung. Schüttelt den Kopf leicht, fast unmerklich. Entspannt die Lippen ein wenig. Denkt nach. Und lacht schallend los.

Ein Lachen, wie sie es seit Tagen nicht mehr in sich gespürt hat. Befreiend. All die Last, auf Biegen und Brechen den Weg zu finden, fällt mit einem Mal von ihr ab. Ja, die Linie führte sie ein gutes Stück des Weges, aber keiner hat gesagt, dass sie bis zum Ende gehen wird. Warum nicht einfach wie zu Beginn stur weiter Richtung Süden wandern?

„Du hast Recht Luca. Ich war zu versessen auf diese Linie, die uns so schnell und weit vorwärts gebracht hat. Lass uns einfach weiter laufen."

Lotta geht voran, zaghaft den ersten Schritt von ihrer sicheren Linie weg, Richtung Süden.

Nach weiteren Stunden durch zwei Täler kommen sie dem Gipfel des nächsten Berges immer näher. Es scheint der höchste Anstieg auf ihrem bisherigen Weg zu sein. Der Scheitelpunkt dieses Gebirges? Kurz vor Sonnenuntergang erreichen sie die Passhöhe und blicken weit über den Gebirgszug hinweg. Die Bergspitzen im Westen glühen rot in der Untergehenden Sonne. Der Abendstern leuchtet flackernd-gelb hoch oben am Himmel.

„Gib mir nur eine Drittel der Portion von heute. Wer weiß, wie lange wir brauchen, bis wir aus dieser Höhenlage heraus sind und wieder essbares finden. Ich lutsch dann noch ein paar Hände Schnee."

„Gute Idee, das wird hart, aber besser als morgen gar nichts mehr zu haben." Luca reicht Lotta ein kleines bisschen Käse und Schinken.

Es ist so schön hier oben, der Blick über die schneebedeckten Gipfel. Der endlose Horizont. Diese absolute Stille, die Einsamkeit. Die orange-roten Wolkenfetzen unter ihnen.

Egal, ob sie zur Höhle kommen oder nicht, allein dieser Blick war es wert, bis hier her zu gehen. Nicht aufzugeben. Weiterzulaufen durch Eis und Schnee. Bis hinauf auf das Dach der Welt.

„Danke Luca." flüstert Lotta in die absolute Stille hinein.

„Nein, ich danke dir." flüstert Luca zurück.

Beide mümmeln ein bisschen vor sich hin und lutschen am frischen Schnee.

„Der Abendstern ist seltsam. Irgendwie kommt er näher."

„Nein, das kann nicht sein."

„Doch Luca, schau mal genau hin, der rast auf uns zu."

„Scheiße ja."

In hohem Tempo kommt das flackernde Licht näher. Wird vom Sternenlicht zu einer Art Glühbirnenumriss.

Nach wenigen Minuten wird die Glühbirne langsamer und deutlicher.

„Das ist ein Heißluftballon, Lotta!"

„Tatsächlich." Lotta denkt kurz nach. „Sollen wir winken oder so?"

„Nein, ich glaub der kommt ganz von alleine zu uns."

„Der wird von zwei Vögeln gezogen. Guck. Da sind zwei Albatrosse vorne dran!"

„Mein Gott, wir stolpern hier von einer Verrücktheit in die andere! Mal sehen, wer uns diesmal willkommen heißt."

„Das ist bestimmt Ilmatar. Wir sollen doch Ilmatar recht herzlich grüßen."

Wenige Minuten später schwebt der Ballon knapp über dem Schnee. Eine zierliche, zarte, überirdisch hübsche, blonde Frau mit langen, im Wind wehenden Haaren winkt sie zu sich heran.

„Hi, Lotta. Ich bin Ilmatar. Lust ein Stück mit mir zu fliegen?"

„Na aber immer doch!" ruft Lotta und hüpft freudig klatschend auf den Ballonkorb zu.

Ilmatar lässt ihnen eine Leiter hinunter und Luca darf zuerst hinaufklettern.

Als Lotta in den Korb purzelt, strahlt sie Ilmatar von einem Ohr bis zum anderen an.

„Hi, Ilmatar. Wir sollen dich lieb von Brizo grüßen. Das hier ist Luca, mein Fels in der Brandung. Der Grund für unsere Wanderung. Das ist unser Proviantrucksack. Gähnend leer. Ich hoffe auch du hast eine Kleinigkeit für uns, die ihn wieder etwas auffüllt."

„Aber sicher doch. So langsam müsstet ihr doch wissen wie es läuft!" Ilmatar zwinkert ihnen zu.

„Ja." Lotta dreht sich vorwurfsvoll blickend um. „Luca, warum wandern wir so viel? Wir könnten doch einfach alles auffuttern und vor Ort auf den nächsten Transport warten, weil unser Rucksack leer ist."

„Ah Lotta, ich befürchte so funktioniert es dann doch nicht." lacht Luca. Ilmatar nickt zustimmend.

„Macht es euch hier im Korb bequem, ich starte und danach serviere ich euch eine leckere, heiße, dicke Karotten-Süßkartoffelsuppe."

Luca und Lotta setzten sich gemütlich in eine Ecke des Korbes auf einen Haufen Felle, während Ilmatar an der Ballontechnik werkelt.

„Du Ilmatar? Sag mal, was hast du dir vom Baum der Wünsche damals erbeten?"

„Dass die Welt um mich herum niemals verstummt."

„Das ist seltsam, du fliegst hier so einsam durch die Lüfte, obwohl du wolltest, dass die Welt um dich herum laut bleibt?"

„Ach, das scheint dir nur so. Da in der Ecke, die große Kiste, das sind Briefe. Hier unten gibt es kaum Straßen. Viele Häuser haben nicht mal Telefon oder so. Ich fliege von Ort zu Ort. Ich bin die Postbotin und Taxifahrerin des unwegsamen Krails . "

Kapitel 13: L'arlésienne Suite No. 2: Menuet Hyperion Duo

Check 13: Du planst Weihnachtskarten zu versenden? Dann überlege, welche Wünsche du in diese schreiben willst und notiere sie.

*Wenig später schweben sie, im letzten Licht des Tages, über das Gebirge. Weißbekleidete Berge und schroffe graue Felswände, soweit das Auge reicht.

„Da wären wir dann wohl verhungert." stellt Lotta nüchtern fest. „Außer wir hätten gelernt, nach Murmeltieren zu graben."

Neben dem Brenner des Heißluftballons wärmt Ilmatar einen Topf Suppe auf, verteilt ihn auf drei Teller und reicht jedem einen davon.

Luca probiert vorsichtig den ersten Löffel. Herrlich, so eine heiße Suppe nach drei Tagen Schnee und Brot. Cremig-sättigend. Und als besonderes Leckerli schwimmen noch ein Paar aufgeschnittene Käsewürstel im Teller herum. Luca liebt Käsewürstchen. Und dann diese leicht scharfe Note verbunden mit der Süße der Karotten. Mmmm. Ist das Ingwer? Ja, könnte Ingwer sein. Ilmatar hat auch die perfekte Menge Pfeffer frisch darüber gemahlen. Ein abgerundetes Geschmackserlebnis, wie Luca es gefühlt seit Jahren nicht mehr hatte. Wie toll doch so ein einfacher Teller Suppe schmecken kann, wenn man vorher nur auf gefrorenem Schinken kaute. Und wie lange sich die Zeit zieht, wenn man nichts Leckeres zu Essen hat.

Luca nimmt sich direkt noch einen zweiten Teller, wer weiß wann es wieder was Richtiges gibt! Nach den beiden Portionen und vier Würsten sinkt Luca satt, zufrieden und völlig tiefenentspannt in den Fellhaufen. Schließt die Augen und ist sofort im Land der Träume.

Lotta schaut noch eine Weile nachdenklich und versonnen in die tiefe Dunkelheit unter ihnen.

Dann dreht sie sich zu, vom Brenner gespenstisch angeleuchteten, Ilmatar um.

„Ist es alles wahr?"

„Ja."

„Wann kam denn der letzte Mensch auf dem Weg zur Höhle hier vorbei?"

„Das ist sehr lange her. Ich kann die Jahre nicht zählen. Soweit kommt selten jemand."

„Wie oft macht sich denn überhaupt noch jemand auf die Suche?"

„Das passiert sogar sehr häufig. Viele Menschen brechen jedes Jahr auf, die meisten laufen in den Norden und wollen sich einen Vorteil verschaffen, nachdem ihr Geburtstagswunsch in Erfüllung ging und sie anfingen an den Baum zu glauben.

Wenige denken erst einmal über alles nach und kommen in den Süden bis zu Kokopelli. Noch weniger finden den Weg durch das Moor zu Brizo. Und kaum einer schafft es weit hinein ins Gebirge. Der Weg ist lang und voll von schweren Prüfungen."

„Ich hab noch keine einzige Aufgabe gestellt bekommen." Lotta grübelt ein paar Minuten über den bisherigen Weg und die innere Ruhe, die sie auf ihm gefunden haben. „Im Gegenteil. Unser Pfad war voller Wunder und fantastischer Erlebnisse." Ilmatar lächelt ihr milde zu.

„Wie alt bist du denn? Du siehst noch viel zu jung aus, als das du schon vor unzähligen Jahren hier jemand hättest mitnehmen können."

„Für uns Wegbegleiter vergeht die Zeit anders, als für normale Menschen. Sie steht nicht still, aber sie ist endlos dehnbar. Erst wenn der auserwählte Mensch kommt und den richtigen Wunsch an den Baum hängt, wird unsere Zeit zu Ende gehen."

Lotta lässt sich entmutigt auf den Fellberg zurücksinken.

„Es tut mir leid Ilmatar, ich glaube, auch ich werde dich nicht aus deiner Zeitanomalie befreien. Ich grübel seit Tagen darüber, was die Welt erlösen würde, aber ich weiß es einfach nicht."

„Das macht nichts. Niemand weiß, was genau dieser Wunsch sein soll. Aber egal was du dir wünschst, du wirst die Welt ein Stückchen besser und schöner machen. Das ist doch alles was zählt, oder? Jetzt schlaf ein bisschen. Morgen habt ihr wieder einen weiten Weg vor euch. Ich darf dich nur bis zum Fuß des Gebirges bringen, der restliche Weg liegt nicht in meiner Hand. Auch wenn ich dich gerne bis zum Baum begleiten würde."

Sofort fallen Lotta die Augen zu und sie schlummert selig vor sich hin, bis Ilmatar sie im Dämmerlicht des Morgens sanft weckt. Sie schweben über dem Boden einer weiten Ebene. Dichter Nebel liegt über den Wiesen. Es ist viel zu warm für die dicken Fellkleider von Brizo. Lotta zieht sich aus und legt die Kleider sorgsam in eine Ecke und folgt Luca über die Leiter auf die Wiese unter ihnen.

Nach dem sie sicher zwischen blühenden Blumen und Himbeersträuchern am Ufer eines Flusses stehen, wirft Ilmatar ihnen eine Tüte und die Kleidung zu.

„Behaltet eure Felle, auch wenn es eine lästige Schlepperei ist. Die Ebene hier ist ungewöhnlich warm. Nicht lange und ihr kommt wieder in Gebiete, die kälter sind als ihr es euch vorstellen könnt. Genießt das Frühstück und grüßt mir Sobek ganz herzlich!"

Schon schwebt der Heißluftballon in die Lüfte und lässt die beiden in der weiten Ebene zurück.

Lotta winkt Ilmatar fröhlich zu, Luca spitzt natürlich erst mal in die geheimnisvolle Frühstückstüte. Schokohörnchen! Wie das duftet!

Das erste Hörnchen schwebt schon kurz vor Lucas Mund, als Lotta es wegschnappt und mit vorwurfsvollem Blick zurück in die Tüte gleiten lässt.

„Luca! Lass uns erst mal weiter wandern. Später gibt es Frühstück. Du musst doch noch von den zwei Tellern Suppe voll sein!"

Lotta marschiert voller Energie am Flussufer entlang Richtung Meer. Hofft sie zumindest. Wo sollte der Strom sonst hinführen wenn nicht zum Meer, hier im Süden, am Ende der Welt.

„Nein, das war doch nur Suppe." ruft Luca entrüstet und rennt Lotta hinterher. „Das hier sind Schokohörnchen. Und guck sie dir mal an, die sind gar nicht aus Blätterteig. An denen ist richtig was dran. Komm schon, nur ein Hörnchen! Wir werden bestimmt gleich von diesem Sobek auf ein magisches Einhorngespann gepackt und bekommen wieder leckeres Essen. Wir müssen die nicht aufheben!"

„Doch. Wer weiß schon, wann wir Sobek finden."

Am späten Mittag, als es wieder viel zu früh dunkel wird, kommt langsam die Kälte zurückgekrochen. Die Himbeersträucher am Flussufer hatten sie den ganzen Tag über mit leckeren Beeren versorgt. Luca schmollte immer wieder, dass Lotta keine Schokohörnchen rausrücken wollte. Aber jetzt, im kühler werdenden, neblig-feuchten Ufergras wird langsam klar, dass Lotta recht hatte. Kein Sobek weit und breit und mehr als die Tüte Schokohörnchen haben sie nicht mitbekommen.

Luca steckt vorsichtig eine Zehe in den Fluss. Er ist eiskalt. Aber es hilft alles nichts. Sie müssen mal wieder ein bisschen Wasser an sich bringen und die Kleidung waschen. Hier haben sie wenigstens ein Lagerfeuer um die Kleidung zu trocknen und sich währenddessen warm zu halten. Außerdem riecht Luca sich schon selber – im Gegenwind. Mit Lottas Duschgel bewaffnet stellt Luca sich todesmutig an den Flussrand. Zählt bis drei und hüpft hinein. „Scheiße!" brüllt Luca, zieht sich mühselig wieder ans Ufer und seift sich von oben bis unten ein.

„Ich kann da nicht noch mal rein!"

„Hab dich nicht so, du Frostbeule!" lacht Lotta und springt übermütig-vorfreudig ins Wasser. „Fuck!" Sie klettert so schnell wieder heraus als wäre sie eine junge Bergziege.

„Das ist echt scheiße kalt. Aber da müssen wir jetzt durch. Gib mal das Duschgel. Haare waschen heb ich für wann anders auf! Also komm, rein mit dir. Zur Belohnung gibt es dann endlich dein heiß ersehntes Schokohörnchen!"

Das lässt Luca sich nicht zweimal sagen und springt todesmutig erneut in den Eisfluss.

Den Nachmittag verbringen die beiden gemütlich am Lagerfeuer und trocknen ihre gewaschene Kleidung. Luca zelebriert das Schokohörnchen. Es kommt nicht an Kokopellis schokoladige

Geschmacksexplosion heran, aber es ist dennoch super lecker. Der fluffige Quarkteig mit den leckeren Stückchen Vollmilchschokolade darin. So schön weich, ja, fast cremig im Mund. Herrlich. Das ist ein Lebensgefühl! Hier völlig ungeniert nackig am wohlig-warmen Feuer zu fläzen. Dem Plätschern des Flusses, dem Rascheln der Blätter im leichten Wind vermischt mit dem Knacken und Knistern des brennenden Holzes zu lauschen. Himbeertee zu schlürfen. Die Sterne funkeln ihnen lieblich vom fernen, klaren Himmel zu. Und Lotta.

Lotta liegt bäuchlings gegenüber. Ihre Brüste und das zarte Gesicht glühen verführerisch im rötlich-flackernden Licht der tanzenden Flammen, während ihr Hintern, vom Mondschein silbrig-glänzend beleuchtet, hinter ihrer Schulter hervorspitzt.

Verdammt. Die letzten Tage unter all diesen Schichten Fell, war es deutlich einfacher Lottas Reizen zu widerstehen. Da war nichts erotisches mehr an ihr. Eingepackt in Bär und Biber. Aber jetzt? Wie sie so durch das Feuer rüber blickt. Verlangend. Sehnend. Erotisierend. Auffordernd? Will sie mehr?

Am liebsten würde Luca sich von hinten an Lotta anschleichen, ihr in diesen knackigen Hintern beißen. Sanft mit der Zunge zwischen ihren Beinen verschwinden und dabei zärtlich ihre Brüste massieren.

„Willst du Kim überhaupt noch heiraten?" platzt es unvermittelt aus Lotta heraus. Da zerspringt Lucas Phantasie direkt in Millionen Scherben. Kim! Sie sind schon zehn Tage unterwegs, aber Kim tauchte nicht eine Sekunde in den Gedanken auf. Es ist immer nur Lotta. Lotta, die sinnliche Göttin. Lotta, die Seelenverwandte. Zuflucht und Fels in der Brandung. Egal was die Welt über sie beide denken mag, sie gehören zusammen. Doch wie einen ersten Schritt wagen?

„Nein. Ich habe nicht eine Sekunde an Kim gedacht, seit wir dein Gartentor durchschritten haben. Zehn Tage lang. Ich werde Kim wohl kurz vor der Hochzeit sitzen lassen müssen."

Lottas Hoffnung strahlt heller als die Sonne am wolkenlosen Mittagshimmel. Soll sie es sagen? Nein, lieber erst mal vorsichtig ran tasten.

„Warum der plötzliche Sinneswandel? Ihr wart doch immer so verliebt ineinander. Ein Herz und eine Seele."

„Ich hab vor einiger Zeit gemerkt, dass es da jemand anderen gibt." Und jetzt? Einfach aussprechen? Lieber nicht. „Diese Person ist wirklich mein Herz und Teil meiner Seele. Aber ich bin nicht der Typ, den diese Person sucht. Ich glaub das ist alles sehr einseitig. Es ist sinnlos, aber was soll ich machen? Deswegen hab ich Kim behalten. Aber nach den zehn Tagen mit dir glaube ich, es wäre besser, für immer alleine zu bleiben, als weiter diese Lüge zu leben."

Lotta legt schnell ihren Kopf auf den Armen ab, damit Luca ihr enttäuschtes Gesicht nicht sehen kann. Es gibt schon jemand anderen. Verdammt.

Kapitel 14: Luigi Boccerini – Minuet (String Quintet in E major, op. 11, No. 5, G 275) Marek

Check 14: Backrunde: weiche Butter schaumig schlagen, alle Zuckersorten unterrühren, Eiweiß unterrühren, Mehl und Speisestärke unterrühren.

Mit Teelöffel Teig abnehmen und kleine Kugeln formen – Kugeln platt drücken – 160° Umluft 12 Minuten. Abgekühlte Taler mit Puderzucker bestäuben

Seit Mittag schneit es wieder und die beiden sind zurück in ihre Fellkleidung geschlüpft.

Luca war glücklich über die erneute Kälte. Das gestern am Lagerfeuer war wirklich zu viel des Guten. Besser Lotta ist dick und unerotisch in Fell eingepackt.

Die Himbeeren sind versiegt. Die Schokohörnchen gegessen. Es wird Zeit, dass dieser Sobek auftaucht!

„Was meinst du, wie lange der Fluss noch geht? Wie weit es wohl noch bis zum Meer ist?"

„Keine Ahnung, aber auf der Landkarte ist das schon ein ganzes Stück hier unten dranhängend. Bestimmt noch vier oder fünf Tage zu wandern."

„Sollen wir uns vielleicht ein Floß bauen? Meinst du das kriegen wir schneller hin?"

„Nee. So ohne Werkzeug wird das nichts und ich will auf keinen Fall in diesen eisigen Fluss fallen! Warum?"

„Ich denke, dass wir Sobek vielleicht erst am Meer treffen. Ich meine vermutlich fährt er ein Schiff oder so. Und der Fluss ist nicht wirklich breit oder tief. Und mein Geburtstag ist in drei Tagen. Also ich werde jetzt nicht in drei Tagen umkehren, so kurz vor dem Ziel. Ich will den Baum sehen! Aber ich glaube, wir schaffen es nicht rechtzeitig. Dann ist mein Wunsch erfüllt und ich kann ihn nicht mehr ändern."

„Vielleicht kann man ja einen zweiten Wunsch ran hängen, wenn man dort ist. Von den Geschichten her kann man ja eigentlich endlos Wünsche anhängen. Das würd ich jetzt nicht so eng sehen. Ich denk wenn wir es dort hin schaffen, dann wird es sicher eine Möglichkeit geben, sich noch etwas zu wünschen. Wie schwer kann es sein einen Zettel an einen Baum zu bringen?"

„Wenn du meinst." Aber so wirklich beruhigt ist Lotta dadurch nicht. Irgendwie hat sie das Gefühl, es muss so sein. Ihr Wunsch muss da weg. Erst nachdem der Wunsch weg ist, kann sie sehen, was das mit Luca werden könnte. Es gibt da jemanden, ja aber, da ist ja noch nichts passiert. Eigentlich stehen da ja noch alle Türen offen. Aber nur, wenn dieser dumme Wunsch geändert wird, nur dann weiß sie, dass es echt ist.

„Viel mehr Sorgen mach ich mir um unsere Ernährung! Wir haben gar nichts mehr übrig. Und keine Möglichkeit hier im Schnee etwas zu finden. Das wäre echt übel, noch fünf Tage ohne Essen wandern zu müssen. Machbar, aber fürchterlich. "

„Sei mal kurz still." Lotta bleibt stehen. „Hörst du das?"

„Was?"

„So eine Art Rauschen."

„Ja. Ganz leicht."

„Na dann los, mal sehen was das ist!" Lotta schreitet flott aus. Das Rauschen wird immer deutlicher und klarer. Bis sie an einer reißenden Flussmündung ankommen.

„Ich denke, wir werden heute Abend nicht verhungern." Lotta strahlt Luca an. „Das ist der Fluss, an dem wir entlanglaufen wollten! Hier ist er viel zu reißerisch für ein Boot, aber wenn wir ihm folgen werden wir bestimmt bald einen ruhigeren Strom haben und dann finden wir auch Sobek!" Lotta schaut den Fluss auf und ab. „Nur gibt es keine Brücke. Wir werden wohl oder übel noch einmal durch den Eisbach waten müssen."

Luca schaut leidend zu Lotta. „Echt jetzt?" und fängt an sich auszuziehen.

„Warum machst du dich nackig? Nicht dass ich den Anblick deines perfekten Körpers verschmähen würde. Aber es ist kalt."

„Was meinst du wie kalt dir erst wird, wenn du da drüben mit nasser Kleidung wieder raussteigst!"

„Stimmt" seufzt Lotta „aber lass uns vorher ein Weilchen zurück laufen, nicht dass die Strömung hier zu stark ist." Dreißig Minuten später halten sie wieder an einer recht flachen Stelle an und ziehen sich aus.

Quietschend, fluchend und kreischend, die Kleidungshaufen über den Kopf gehoben, rennen beide so gut es geht durch das eisige Wasser zum anderen Ufer. Tupfen sich mit der Fellaußenseite grob trocken und schlüpfen in Windeseile zurück in ihre vielen Kleidungsschichten. Joggend geht es zurück zur Flussmündung. Dort angekommen ist ihnen endlich wieder warm und sie wandern gemütlich weiter. Den reißenden, schäumenden, um Felsbrocken tanzenden Strom entlang in Richtung Meer.

„Es riecht langsam salzig."

„Ja. Und schau, da vorne, da wird der Fluss zu einem ruhigen breiten Band. Da könnten wir uns dann für die Nacht einrichten. Ich glaube es wird schon bald wieder dunkel."

Luca kann so nicht mehr weiter machen. Es muss jetzt endlich etwas geschehen. Wenn sie erst wieder zu Hause sind, im alten Trott, wird erst recht nichts mehr passieren. Und wenn sie der Höhle noch näher kommen wird auch nichts passieren, weil dann alles um sie herum so surreal sein wird, dass sie überhaupt keinen Sinn für Liebesgeständnisse mehr haben werden. Jetzt oder nie!

„Lotta, ich muss dir etwas zeigen."

Lotta bleibt stehen und schaut Luca interessiert an.

Luca nimmt Lottas Hände. „Schließ die Augen und entspann dich. Verbinde dich mit der Welt."

Luca stellte im Lauf der Woche fest, dass das wabernde Licht nur entsteht wenn Lotta völlig eins mit sich ist. Vor allem dann, wenn sie nicht nur in sich ruht, sondern mit der Natur um sich herum verschmilzt.

Luca schaut auf ihre verbundenen Hände. Mit jedem Atemzug, den Lotta bewusster und tiefer nimmt, mit jeder Sekunde in der sie sich mehr entspannt und die Welt um sich herum einsaugt, freier wird, sich selbst aufgehen lässt in allem, was sie umgibt, wird das wabernde Leuchten stärker. Bis ihre Hände leicht kribbelnd und regenbogenfarben umhüllt sind.

In ganz sanfter Stimme, um Lotta nicht zu erschrecken, flüstert Luca. „Jetzt öffne langsam deine Augen."

Lotta öffnet sie und in dem Moment, in dem sie in Lucas lebenslustigen, grünen Augen versinken will, schießt ein Regenbogen aus ihren verbundenen Händen empor. Luca ist so verwirrt davon, dass sämtliche Worte verschwunden sind. Lotta folgt mit ihren Augen fasziniert dem Bogen, der, in vielleicht einer Stunde Fußweg, am Fluss endet. „Woher wusstest du das?"

„Ich. Was?" stottert Luca verwirrt.

*„Da ist bestimmt Sobek. Los, komm, wenn wir flott gehen schaffen wir es noch vor der Dunkelheit zu ihm! Das ist bestimmt dein siebter Sinn für warmes Essen!"

Lotta lässt die Hände los und stürmt davon.

Luca steht verdattert – ja, wie festgenagelt - an Ort und Stelle. Was war das denn jetzt schon wieder?

Lotta sollte doch nur sehen, wie innig sie verbunden sind. Wie sie zueinander gehören. Ein Herz. Eine Seele. Und nicht, dass Luca ein magischer Wegweiser zu Futterstellen ist. Das ist doch zum verrückt werden. Jedes Mal wenn Luca einen Schritt vorwärts machen will, kommt irgendein Mist dazwischen. Na gut, die Aussicht auf eine warme Mahlzeit ist gerade eher erbaulich als mistig, aber trotzdem. Das kann ja wohl nicht wahr sein!

Im letzten Licht des Tages erreichen sie eine kleine Fischerhütte am Fluss. Aus dem Schornstein steigt Rauch auf. Lotta klopft freudig mit dem silbernen Fischschwanzklopfer an die schiefe Holztür. Kurz später dreht sich der Messingfischkopfknauf und die Tür öffnet sich. Dahinter steht ein alter Mann. Wettergegerbt, in gelbes Ölzeug gekleidet. Gebeugt vom Alter. Aber voller Energie.

„Hallo Lotta, ich hab auf dich gewartet! Ich bin Sobek."

„Dachte ich mir schon. Das ist Luca und schöne Grüße von der hübschen Ilmatar."

„Danke sehr. Ich hoffe, es geht ihr gut! Kommt kurz rein und esst eine Scheibe Marmeladenbrot. Ich pack noch ein paar Sachen ein, dann geht es los. Die alte Svenja da unten will mal wieder raus aus dem Hafen!"

Luca und Lotta setzen sich an den Tisch am Feuer. Seltsam, nach fast zwei Wochen wieder an einem richtigen Tisch zu sitzen. Irgendwie unbequem.

Luca schneidet zwei dicke Scheiben des dunklen Brotes ab. Perfekte Kruste und innen super weich. Dann wird sorgfältig Butter auf die Scheiben geschmiert und etwas von der leckeren Himbeermarmelade darauf verteilt.

Der erste Bissen in dieses Brot ist eine göttliche Offenbarung. Wie kann eine einfache Scheibe Brot nur so gut schmecken? So schön weich sein und gleichzeitig so bissfest? Dann der buttrige Himbeergeschmack gemischt mit den dunklen, malzigen Brotaromen. Luca schließt die Augen und genießt jeden einzelnen Moment mit dieser Scheibe Brot.

Lotta grinst vor sich hin. Es ist immer wieder herrlich zuzusehen, wie Luca vor Begeisterung dahin schmilzt, wenn etwas zu essen in diesem immer hungrigen Mund landet.

„Nehmt euch ein Zimmer, du und das Brot." witzelt sie neckisch.

„Du bist doch nur neidisch, dass du nicht die Scheibe Brot bist." zwinkert Luca zurück.

„Um von dir verschlungen zu werden? Nein danke."

„Nicht verschlungen, genossen." Luca schaut ihr auffordernd und direkt in die Augen. „Ich genieße hingebungsvoll und leidenschaftlich alles was zwischen meine Zähne und auf meine Zunge gerät!"

Jetzt wird es Lotta ganz heiß. Was sind das denn für seltsame Andeutungen? Lucas Mund genießend an ihr? Lucas Zunge voller Leidenschaft?

Noch bevor Lotta den Gedanken zu Ende bringen oder irgendetwas erwidern kann, klopft ihr Sobek auf den Rücken.

„Auf geht es, junge Dame. Svenja ruft nach uns!"

Kapitel 15: Dmitri Shostakovich: Waltz No. 2 – Carion Wind Quintet

Check 15: Onlineshopping: Restliche Geschenke ordern.

Wenige Augenblicke später tuckern sie gemütlich flussabwärts. Auf Svenja, einem irgendwann einmal blau gestrichenen, langsam verfallenden, aber robusten Hochseefischkutter. Die Farbe  blättert seit Jahren langsam herunter. Schicht für Schicht, wie sie über Lebzeiten aufgetragen wurden. Der Name ist nur noch ganz verblasst zu lesen. Doch Sobek liebt seine alte, rüstige Dame, er würde sie für nichts in der Welt hergeben.

Luca steht in der Kombüse und macht sich am Lachs für das Abendessen zu schaffen. Sobek hatte ihn schon mariniert, aber zusätzlich zum Anbraten des frischen Fisches muss noch der Reis gekocht und die Soße zubereitet werden. Sobek drückte Luca bestimmend das Rezept in die Hand und meinte: „Hier müssen alle mit anpacken.", bevor er das völlig verdutzt dreinschauende Wesen in die Kombüse schubste.

Lotta wollte der Aufforderung folgen, aber Sobek schleifte sie kommentarlos mit zur Brücke.

Da stehen sie nun und starren ins Dunkel des Nachmittags.

„Euch zwei Hitzköpfen tut mal ein bisschen Abstand gut. Du musst dich auf deine Aufgabe konzentrieren!"

Lotta steht verdutzt neben dem Kapitän, warum Hitzköpfe?

„So hab ich mir das damals nicht vorgestellt, als ich mir ein langes, erfülltes Leben wünschte!"

„Hattest du kein erfülltes Leben?"

„Doch. Ich hatte eine liebende Ehefrau, zehn Kinder. Fünfzig Enkelkinder. Und zahllose weitere Urenkel. Aber das ist Jahrhunderte her. Das lange Leben könnte jetzt endlich mal ein Ende finden. Sag ,was wünschst du dir?"

Lotta ist völlig perplex.

„Am Baum hängt ein dummer, kindischer Zettel. Der Wunsch, dass Luca mich küssen wird." sagt sie kleinlaut und schaut schamvoll zu Boden. „In drei Tagen hab ich Geburtstag. Dann ist es zu spät. Wenn ich nicht übermorgen diesen Wunsch austausche, dann habe ich einen Kuss mit Luca, der mir nichts darüber sagt, ob er echt ist oder nicht und die Chance vertan die Welt zu retten und euch Wegbegleiter zu erlösen. Und wenn ich den Baum doch noch rechtzeitig finde, dann weiß ich nicht was ich statt dessen anhängen soll. Ich habe keine Ahnung was der richtige Wunsch ist."

Lotta sinkt auf den Boden. Den Kopf auf die Knie gelegt. Die Arme schützend über sich um alles Erdrückende dieser Reise von sich fern zu halten.

Die Last, die sie seit Tagen von sich wegschiebt und verdrängt. Die Verantwortung für die ganze Welt, die auf ihren Schultern ruht und sie in die Knie zwingt. Bewegungsunfähig. Erstarrt in ihrem Denken.

Stille Tränen tropfen ihr zwischen die Füße. Wenn Luca in ihrer Nähe ist, schwebt sie im siebten Himmel, da kann sie keine Sekunde an das denken, was kommen wird. Keinen einzigen klaren Gedanken an den erlösenden Wunsch fassen. Dann möchte sie einfach nur die Zeit anhalten und für ewig in dieser zweisamen Blase zwischen Sein und nicht Sein schweben. In diesem Zustand, in dem sie hoffen darf ohne zu wissen.

Wenn Luca nicht bei ihr ist, erdrückt sie die Last der unlösbaren Aufgabe und lähmt ihre Gedanken ebenso. Das Einzige was hilft, ist davonzulaufen. Schritt für Schritt im Versuch all diese erdrückenden Gedanken hinter sich zu lassen. Befreiung in der Flucht nach vorne. Aber Schritt für Schritt kommt der Baum rasend schnell näher. Ein Baum, dessen Rätsel unlösbar scheint.

"Ach komm, Kleines. Nimm mich nicht so zu Herzen. Ich bin ein ruppiger, alter Seemann. Ich werde noch weitere tausend Jahre meinen Kutter fahren und dabei murren und es trotzdem genießen."

„Sicher?"

„Natürlich. So, die alte Svenja ist auf sicherem Kurs. Komm wir gehen und schauen was Luca mit meinem armen Fisch so treibt."

Als sie die Kombüse betreten, brutzelt der Lachs bereits knusprig in der Pfanne. Der Reis dampft auf drei Tellern und Luca steht mit leuchtenden Augen vor der Soßenpfanne und mahlt frischen Pfeffer in die blubbernde Sahne.

„Dein Rezept hab ich eingesteckt. Wenn der Fisch so lecker ist, wie die Soße, ist das die einzig wahre Art Lachs zu essen!"

„Ja, behalt es nur, ich kann es auswendig."

Luca grinst von einem Ohr bis zum anderen und serviert das fertige Essen.

Unter viel Lob für Lucas Kochkünste genießen die drei den Lachs. Danach zündet Sobek sich seine Pfeife an, lehnt sich zu rück und fixiert Lotta.

*„Es war vor vielen, vielen Jahren, in einer Zeit, als die Frauen noch Stehkragen bis zum Ohrläppchen und Röcke bis zur Fußsohle trugen, da stand ich an meinem Geburtstag am Kai und strich der Svenja eine hübsche, neue, blaue Farbe an den fetten Bauch. Es war heiß. Aber damals geziemte es sich nicht, das Hemd auszuziehen, also hatte ich es nur bis zum Ellbogen hochgekrempelt und verwegen den obersten Knopf geöffnet. Schwungvoll strich ich von rechts nach links. Von links nach rechts. Von rechts nach – da quietschte es

hinter mir empört. „Sie Flegel! Können Sie nicht besser aufpassen!"

Ich drehte mich langsam um und da stand sie. Meine Frau. Ich wusste es direkt in diesem Moment, dass diese wunderhübsch-keifende Dame einmal meine Frau sein würde. Wie diesem Vollweib, mit in die Hüften gestemmten Armen, das Feuer aus den Augen spuckte. Das ließ mich bis ins Innerste vor Wolllust vibrieren. Ihr müsst wissen, ich hatte etwas zu beschwingt den Pinsel geführt und die blaue Farbe war bis auf ihren zartrosanen Rock gespritzt.

Ich legte beschwichtigend meinen Farbpinsel zu Boden. Machte einen Schritt auf sie zu. Nahm meine Fischersmütze an die Brust und sank demütig vor ihr auf die Knie. Dann schaute ich zu ihr auf.

„Holde Maid, es bedrückt mich zu tiefst, Ihnen Unannehmlichkeiten bereitet zu haben. Bitte kommen Sie an Bord und lassen Sie mich dafür sorgen, dass Ihnen nie mehr auch nur ein Unheil geschieht, denn Ihr überirdisches Wesen, dem ich armer Fischer völligst unwürdig bin, hat nichts geringeres Verdient als bis an sein Lebensende auf den Wellen der Liebe geschaukelt zu werden." Und ihr werdet es nicht glauben, aber sie stieg tatsächlich ohne noch ein Wort zu sagen die Planke hoch und blieb bis an ihr Lebensende an meiner Seite. Ich hatte so viele schöne Jahre mit ihr. Und unsere Kinder erst! Alle sahen aus wie kleine Engel, genau wie sie. Eines hübscher als das andere. Doch leider waren sie alle nicht auserkoren, dem Auserwählten zu helfen. So starben sie, ein jeder friedlich, als seine Zeit gekommen war. Ich hielt ihre Hände bis zum Schluss. Aber meine süße Frau, als sie wusste, dass es mit ihr zu Ende geht, sagte mir: „Bald wird der Auserwählte kommen und dann sind wir wieder vereint. Du wirst sehen, es dauert nicht mehr lange."

Er nimmt einen großen Schluck Weißwein. Lehnt sich zurück.

„Es kamen viele Auserwählte. Damals. Doch keiner hatte im Sinn, die Welt zu verbessern. Alles egoistische Burschen, die meinten, die Welt schulde ihnen etwas. Es wurden weniger. Lange ist es her, dass der letzte Jungspund hier mit mir saß und prahlte, was für ein Abenteurer er doch sei."

Sobek schüttelt bedauernd den Kopf.

„Keiner von denen war es im Endeffekt wert, mein heiliges Schiff zu betreten, den Ort der ewigen Liebe und Demut. Aber ich stehe im Dienst des Baumes. Es steht mir nicht zu die Überfahrt zu verweigern. Heute fahre ich dich, Lotta. Du bist anders. Ich glaube an dich! Vertraue auf dein Herz."

 Sobek trinkt noch den letzten Schluck aus seinem Glas und steht auf.

„Legt euch da hinten hin und schlaft. Die Fahrt dauert noch ein Weilchen."

Schon verschwindet er wieder Richtung Brücke.

Lotta und Luca spülen noch das Geschirr und legen sich dann friedlich in die Betten.

Lotta seufzt einmal aus tiefstem Herzen, als sie sich auf der Matratze ausbreitet und das Federbett über sich zieht.

„Oh Luca, ist das nicht das beste Bett, in dem du je geschlafen hast?"

„Du bist der Bettenfetischist, meine Liebe. Mir ist der kalte Boden recht, solange das Essen an dem Ort meine Zunge verzauberte."

Lotta kichert. „Na dann hattest du wohl eine angenehmere Reise als ich."

„Wohl wahr, wohl wahr. Was wollte der alte Seebär von dir?"

„Mich daran erinnern, dass ich eine Aufgabe habe. Eine unlösbare. Wie können diese Menschen nur alle ihre Hoffnung in mich setzen? Was soll ich denn nur an diesen Baum hängen? Mir fällt kein universaler Wunsch ein, der alles Leid der Welt beenden würde."

„Vielleicht ist das gar nicht nötig. Ich glaube die Welt braucht das Leid. Nicht so viel wie wir davon haben, aber ohne wäre der Mensch nicht glücklich. Das Gute wüssten wir ja gar nicht mehr zu schätzen ohne das Schlechte zu kennen.

Und was sollte aus all den Menschen werden, die sich so gerne in ihrem Leid suhlen. Ihnen kannst du tausend Auswege aus ihrem Leid zeigen, aber sie verschließen Ohren und Augen um sie ja nicht sehen zu müssen. Und überleg erst mal, wie viel Leid die Menschen sich selber bereiten. Sich gegenseitig bereiten. Die Erlösung der Welt kann nicht daran hängen, der Welt sämtliches Leid zu nehmen. Das kann kein Wunsch der Welt schaffen. Und wenn er es schafft, dann käme das Leid schneller zurück auf diese Welt, als du bis zehn zählen könntest. Die Welt wird sicher nicht dadurch erlöst, dass man sämtliches Leid auf ihr beendet. "

„Das ist interessant. So hab ich das noch gar nicht betrachtet."

Lotta schaut nachdenklich zum Bullauge hinaus. Das Ende allen Leidens erlöst die Welt nicht? Hat Luca da recht?

Ungläubig-zweifelnd erstarrt sie in ihrem Denken. Da vor dem Schiff, im Schatten der von den Scheinwerfern beleuchteten See. Da schwimmt eine Eisscholle an ihnen vorüber. EINE EISSCHOLLE! Und mitten auf der Eisscholle sitzt ein fetter, dicker Seebär.

Sie sind tatsächlich fast am Südpol.

Jetzt haben sie also zwei Tage Zeit, diese Höhle zu finden. Ob sie so glitzerfunkelnd aussieht wie in ihren Träumen? Wird der Wächter da sein? Der alte Mann, den sie seit Jahren immer wieder sieht?

„Ich glaube an dich. Ich kenne niemanden, der ein reineres oder ehrlicheres Herz hat als du."

Und Sobek, er glaubt auch an mich. Und Luca. Brizo. Ilmatar. Kokopelli. Das sind ganz schön viele Leute, die an mich glauben.

Die Welt erlösen. Von was, wenn nicht vom Leiden? Vom Egoismus? Von der Gewalt? Von der Angst vor Unbekanntem? Da war es ja fast noch leichter zu grübeln, wie das Leid der Welt beendet werden kann.

Kapitel 16: Franz Schubert - Sümfoonia nr 3 D-duur D 200 (IIAllegretto)

Check 16: Auch du hast Weihnachtsfreuden verdient – ab auf den Weihnachtsmarkt!

Am nächsten Tag legen sie an einer Art Flussufer des Südpols an. Es ist stockdunkel.

Sobek umarmt Lotta zum Abschied und flüstert ihr ins Ohr: „Finde Prometheus!"

*Dann stolpern Luca und Lotta freudig-ängstlich, im schwachen Licht des Kutters an Land. Nach ein paar Schritten verschluckt sie die völlige Dunkelheit. Zum Glück leuchten die Polarlichter, sonst wären sie völlig blind. So können sie wenigstens ein bisschen erahnen, wo sie hintreten. Die flackernd-wabernden Lichter tanzen am Himmel, fast so, als würden sie Lotta und Luca fröhlich begrüßen. Sind es wirklich einfach nur Wetterphänomene? Es könnten doch auch Geister sein! Aufsteigende Seelen? Oder Elfen?

Manchmal ist es doch schade, so viel über die Welt zu wissen, denkt sich Lotta, das nimmt einem den ganzen Zauber.

Es ist kälter, als sie es sich je hätte vorstellen können. Wie kann es nur so eisig auf diesem Fleckchen der Erde sein? Da friert einem das

Herz ein! Zum Glück platzt sie innerlich vor Freude und Stolz darüber, in zwölf Tagen bis an den Südpol gekommen zu sein, sonst wäre ihr Herz wahrscheinlich schon in Kältestarre verfallen.

„Siehst du etwas?" fragt Luca ängstlich. Wenn sie sich hier verlaufen, sind sie verloren. Da helfen auch all die Felle nicht mehr, die Brizo ihnen geschenkt hat.

„Ja, dick und fett und leuchtend. Lauf mir einfach hinterher. Ich hoffe es ist nicht so weit zu Prometheus und der Höhle. Aber lass uns schweigen. Es ist beim Reden so kalt am Mund. Ich glaub der Atem gefriert mir dabei auf den Lippen."

„Okay. Ich würd ja für dich mitreden, aber wenn ich noch mehr sage frieren meine Nasenlöcher zu."

Lotta stapft voraus. Es ist anstrengend. Mit jedem Schritt lauert die Gefahr, auf Eis auszurutschen oder in einer Schneemulde zu versinken. Sie kommen nur langsam voran. Bei ihrem fast blinden Gang durch die Ebene des Südpols sehen sie aus wie zwei seltsame Hoppelhäschen in Zeitlupe.

Lottas Gedanken kommen endlich etwas zur Ruhe. Während sie der leuchtenden Spur folgt beginnt ihr eingefrorenes Hirn schließlich doch noch damit, etwas zu arbeiten. Wird ja auch Zeit, so kurz vor dem Ziel.

Toleranz, das hatte sie schon ausgeschlossen. Toleranz ist einfach zu wenig. Mitgefühl? Wie ist das mit dem Mitgefühl? Wenn jeder nicht nur toleriert, was der andere tut sondern auch mitfühlend darauf reagiert? Dem Hungernden Essen gibt. Dem Frierenden eine warme Decke schenkt. Dem Einsamen eine Hand reicht?

Aber wenn er es gar nicht will? Vielleicht mag ja der ein oder andere gar nicht, dass der mitfühlende Mensch ihm sein Leben erleichtert. Dann bräuchte man ja doch wieder Toleranz, um ihn in seinem Elend sitzen lassen zu können. Denn wie sollte ein mitfühlender Mensch ohne Toleranz es jetzt zulassen können, dass der Frierende die wärmende Decke ausschlägt, weil sie aus nicht biologischer Wolle gewebt wurde? Und er so etwas nicht unterstützt. Wenn er jetzt doch lieber erfrieren würde, anstatt etwas, dass seiner Überzeugung widerspricht, um sich zu herum zu wickeln?

Luca hatte da schon irgendwie Recht. Nicht jeder mag es, wenn sein Mangel oder Leiden beseitigt wird. Wenn sie so darüber nachdenkt, gibt es echt viele Menschen in ihrem Leben, die wirklich gerne über alles klagen, aber überhaupt kein Interesse daran zeigen ihre Situation zu ändern, die sich in ihrem Trauertal doch recht wohl zu fühlen scheinen.

Wenn sie jetzt den Baum bewünscht mit mehr Mitgefühl für die Menschheit, was wäre das Ergebnis?

Käme der passioniert Leidende aus seinem Jammertal heraus, da er plötzlich das Bedürfnis hat, seinen Mitmenschen zu helfen? Würde er deren Leid dann über sein eigenes stellen? Hätte man automatisch kein Elend mehr auf der Welt, da jeder nur noch daran denken würde, die Not des Nächsten zu lindern?

Eine seltsame Vorstellung.

Aber käme man dann nicht nach einiger Zeit wieder in seiner eigenen Not an, da man vor lauter Bemühung, sich um den Nächsten zu kümmern das eigene Ich, das eigene Wohlbefinden völlig vergisst? Käme man nicht in den unerträglichen Zustand, das eigene Lebensglück nur noch in der Abhängigkeit anderer empfinden zu können, da man jedes negative Gefühl von seinen unzähligen, mitfühlenden Mitmenschen hinwegbearbeitet bekommt, bevor man sich selber darum kümmern oder darauf einlassen kann?

Beende das Leid der Welt. Es wird immer wieder zurückkehren. Das war ein sehr weiser Gedanke von Luca.

Ja. Also irgendwie bräuchte man Toleranz. Man bräuchte Mitgefühl. Aber beides im richtigen Maße. Und beides würde immer noch nicht auslangen. Wie soll sie diesen Wunsch nur formulieren?

Vielleicht war auch der Denkansatz einfach ein völlig falscher. Was würde die Welt benötigen, damit erst gar keiner mehr zum Baum käme?

Gibt es etwas, einen Wunsch, der den Effekt hätte, dass niemand mehr tonnenweise Wünsche an den Baum hängen würde, nur weil es halt so einfach funktioniert? Weil es eine bequem Art ist, das Leben anstrengungsfrei zu verbessern?

Ja, diesen Denkansatz muss sie noch mal ein Weilchen in sich wachsen lassen. Hoffentlich tut er das schnell.

„Luca, ich hab überhaupt kein Zeitgefühl mehr in dieser dunklen, kalten Einöde. Was meinst du wie lange wir schon unterwegs sind?"

„Keine Ahnung Lotta, aber mein Magen sagt mir, es ist langsam Zeit für Abendessen. Also denke ich mal, dass es noch zwei Nächte und ein Tag bis zu deinem Geburtstag sind."

„Dann lass uns eine Schneehöhle graben und mal für ein paar Minuten ausruhen. Vielleicht können wir ja ein bisschen von Sobeks Brot lutschen. Das ist bestimmt gefroren."

Zwanzig anstrengende Minuten später haben sie sich eine Höhle in die Schneewehe geschaufelt und sitzen eng aneinander.

„Viel wärmer ist das jetzt hier drin auch nicht" schlottert Lotta.

„Ja. Aber schau, das Brot ist noch okay. Sobek hat es in eine Isolierbox gepackt. Pass auf, dass dir die Hand nicht beim Essen abfriert."

Nachdem sie die Brote hinuntergeschlungen haben ziehen sie sofort wieder den Handschuh an. Nach den drei Minuten ohne Wärmeschutz sind alle fünf Finger fast zu Eiszapfen gefroren, die zerspringen sobald man dagegen klopft.

„Was machen wir jetzt?"

„Schlafen ist glaub ich zu gefährlich. Also entweder noch ein bisschen hier sitzen und ausruhen oder weiterlaufen."

„Dann lass uns noch kurz hier sitzen und ausruhen. Vielleicht wird mir ja doch noch ein bisschen wärmer."

Kapitel 17: SARABANDE – G. F. Händel / Camerata Cambrensis

Check 17: Einkauf für die letzte Plätzchenrunde: 2 Eier (Eiweiß)/ 150g Puderzucker/ ½ Orange/ ½ Zitrone / 100g gemahlene geschälte Mandeln/ 50g Zitronat/ Verzierung: 2-3EL Orangensaft und 125g Puderzucker

*„Luca es ist so kalt."

„Ja. Lass uns weiter laufen, vielleicht wird uns dann wärmer."

Mühevoll schleppen sie sich weiter. Schritt für Schritt der Lichtlinie des Baumes folgend, die sie durch ein tiefes Schneefeld führt. Lotta versinkt bei jedem Schritt erneut bis zu den Knien und schafft sich mühevoll wieder einen Schritt weiter vor. Hätten sie doch nur eine Schaufel mitgenommen. Das wäre weniger mühselig als sich hier mit den kalten Beinen und fast abgefrorenen Füßen voran zu schaffen.

„Ich glaub ich erfriere gleich. So kurz vor dem Ziel." seufzt Lotta und versucht ein bisschen auf der Stelle zu hüpfen um sich ein kleines Schneeloch zu plätten, in dem sie mal kurz stehen kann, ohne dass ihr das weiße Folterpulver in die Schuhe kriecht. Luca tritt zu ihr, macht die eigenen Felle auf und legt sie, Lotta an sich pressend, um sie herum.

Lotta schießen Schmerzenstränen in die Augen. „Es hilft nicht Luca. Wir schaffen es nicht. Jetzt erfrieren wir am Südpol und keiner wird uns hier je finden."

„Ach, irgendwann schon. Dann wundern die sich und wir werden berühmt als die beiden Eismenschen."

Lotta lacht leicht und legt den Kopf an Lucas Hals. Wenigstens kann sie in Lucas Armen sterben. Sie hört auch schon das Klingeln der Todesglöckchen. Gleich kommen die Elfen, geschmückt mit den kleinen Glöckchen an ihren Blumenketten und geleiten ihre zwei sterbenden Seelen zum großen Teich. Dann lösen sie sich wieder auf, geben ihre Wesen zurück in den großen See der Urseele. So wie sie jetzt sind, werden sie nie wieder zur Welt zurück kommen. Sie werden sich nie wieder finden. Lotta blickt noch einmal auf die Linie, die sie soweit brachte. Ob der Seelenteich auch in diesen vielen Farben schimmert und wabert? Ist es eine Seelenspur, der sie seit Tagen folgen? Schade, dass sie den Teich nicht sehen können. Der sieht bestimmt toll aus.

Lotta will gerade ein paar letzte Worte zu Luca sagen, als sich zum Klingen der Glöckchen ein hopsendes Licht gesellt. Nicht weit von ihnen springt es fröhlich auf und ab.

„Luca, da hinten, schau mal!" Luca lässt Lotta los
und dreht sich um. „Das ist eine Laterne! Los,
lass uns ihr entgegen laufen!"

Gegen die Schmerzen der Kälte quälen sie sich
weiter. Vielleicht ist es ja Prometheus. Er wird sie
aus dieser Kälte heraus holen.

Kurz später erreicht er sie. An seinem Gürtel
baumeln Schneeschuhen für die zwei. Das
hopsende Licht ist gar keine Lampe, er trägt das
offene Feuer direkt auf seiner Hand.

Mit den Schneeschuhen und dem Licht ist es ein
leichtes zu laufen und ihnen wird durch die
schnelle Bewegung auch wieder etwas wärmer.
Das seltsame Feuer in Prometheus Händen, hilft
ihnen aber für die Erwärmung überhaupt nicht,
es ist kalt. Hell, aber kalt. Wenige Minuten später
erreichen sie eine kleine Holzhütte, im Innern
knistert bereits ein ganz normales Feuer im
Kamin. Es wird sie wärmen. Die beiden rennen
direkt darauf zu und würden sich am liebsten mit
Haut und Haar dort hineinlegen.

„Hallo ihr beiden, ich bin Prometheus." begrüßt
sie der junge Mann endlich. Ihm ist anscheinend
viel zu heiß, denn er zieht direkt sein Hemd aus
und präsentiert seinen nackten Oberkörper.
Durchtrainiert. Breitschultrig. Six Pack.
Flammentattoos auf dem muskulösen Rücken.
Dunkles, lockiges Haar, das ihm in die Stirn fällt.
Aber Lotta hat keine Augen für dieses göttliche
Wesen, sie hat nur Augen für Luca. Jetzt oder nie,
denkt sie sich und will sich gerade vorbeugen,

Lucas Kopf zu sich drehen und endlich in einem letzten, ersten Kuss versinken, bevor sie später dort draußen erfrieren, da dreht Luca sich um und mustert Prometheus.

„Hi, danke für die Rettung. Wie spät ist es? Wir haben völlig die Zeit verloren da draußen im Dunkeln."

„Es ist gerade mal später Nachmittag. Ihr habt genug Zeit euch auszuruhen, aufzuwärmen, zu schlafen. Wenn ihr morgen früh losgeht schafft ihr es leicht bis zur Höhle. Es ist nicht mehr weit."

„Erst Nachmittag?"

„Ja. So, jetzt gibt es erst mal ein warmes Butterbier für euch." Prometheus läuft zum Herd und verteilt eine duftende, heiß-dampfende Flüssigkeit in zwei Tassen. Luca nimmt sie gierig und nippt daran. Lecker. Eine malzig-zimtige warme Milch die buttrig den Hals hinunterläuft und direkt wohlige Hitze vom Bauch bis in die Fußspitzen ausstrahlen lässt. Lotta wärmt sich erst mal nur die Hände an der Tasse und beobachtet Luca beim Genuss des ersten Schluckes. Es ist immer wieder schön, Luca dabei zu zusehen. Geschlossene Augen. Entspanntes Gesicht. Genießendes Verharrenlassen der unbekannten Speise auf der Zunge. Bevor ein kommentierendes Ahh oder Mmh nach dem herunterschlucken kommt. Diesmal sogar ein Augenaufreißen, so lecker scheint das Zeug zu schmecken.

Während die beiden sich von innen und außen aufwärmen, werkelt Prometheus fröhlich singend im Kücheneck herum.

Luca ist als erstes wieder aufgetaut und schlendert neugierig zu ihm hinüber. Er hackt gerade den letzten Rest Oreokekse und schichtet sie mit einer weißen Creme in Gläser. Das sieht schon mal recht lecker aus, denkt sich Luca.

Neben dem Herd steht eine große Schüssel Spätzle, auf ihm blubbert ein Töpfchen mit nach Zimt und Nelken duftendem Rotkohl. Lucas Lieblingsbeilagen. Da läuft einem ja direkt das Wasser im Mund zusammen! Was es da wohl dazu gibt?

Prometheus zieht seinen Kopf und die Hände aus dem Kühlschrank und präsentiert Entenbrust. Luca strahlt von einem Ohr bis zum anderen. Das kann ja nur ein leckeres Abendessen werden!

Während er die Ente vorbereitet und anbrät reden sie ein bisschen.

„Also du und Lotta. Bis zum Südpol habt ihr es geschafft. Trotz der vielen Versuchungen seid ihr immer weiter gelaufen. Das schaffen nur sehr wenige."

„Ilmatar erzählte auch schon was von Prüfungen, aber wir hatten bisher keine."

„Ihr habt es nur nicht gemerkt. Erst kam Kokopelli, der uralte Gott der Fruchtbarkeit, mit seinen Törtchen, geboren aus den Gaben seiner fruchtbaren Felder. Nur wenige schaffen es, nicht umzukehren und mehr davon haben zu wollen."

„Das war Lottas Verdienst. Ich wollte zurück. Sie meinte, wir könnten ja später wieder kommen. Auf dem Rückweg."

„Da würde ich nicht drauf bauen Luca." zwinkert er geheimnisvoll-wissend. „Danach kam das Moor des Todes. Der Eingang zur Unterwelt. Der Übergang ins Reich der verdorbenen Seelen. Ein Schritt vom Weg abkommen und auch der lebende Mensch landet dort und seine Seele ist für immer verloren."

„Das war eklig. Der stinkende Sumpf. Lotta wollte außen rum aber ich meinte, dass ich ihr vertraue und wenn sie sagt der Weg geht da durch, dann gehen wir da auch durch! Dort will ich aber nicht unbedingt noch mal halt machen!"

„Das war sehr Weise von dir. Der Sumpf testet das Vertrauen, ihr habt den Test bestanden. Wärt ihr auch nur einen Schritt außen herum gelaufen, wäre die Spur für immer für euch erloschen. Danach kam Brizo, die Göttin des Traumes. Ihr seid zum richtigen Zeitpunkt nach Terheim gekommen, denn sie wandelt nur im Zwielicht auf unserer Erde, wenn Tag und Nacht miteinander ringen. Viele haben bei ihr schon Wochen am Feuer gelegen und in ihren Träumen geschwelgt."

„Das war herrlich, ja. Da hätte ich auch gerne länger gelegen. War schlimm, Lotta da wach zu kriegen."

„Ja, sie hat Glück, dass du an ihrer Seite bist. Alleine hat noch niemand den Weg hierher geschafft. Du bist ihr eine große Stütze."

Luca wird feuerrot im Gesicht. Mindestens so rot wie die strubbligen Locken die wild vom Kopf abstehen.

„Danach kam Ilmatar, ein Luftgeist. Sie prüft den Willen. Nur wer den Willen hat wirklich zum Ziel zu gelangen, wird die Geduld haben alle Irrwege zu erforschen und dann den sicheren Weg zu verlassen."

„Das war echt fies. Da wollte ich eigentlich umkehren und Proviant nachholen von Brizo. Aber Lotta nicht, sie wollte weiter."

„Besser war das, denn ihr wärt am Fuße des Gebirges nicht auf Brizo getroffen sondern im Wald zu Hause aufgetaucht. Auch dann hättet ihr die Linie nie mehr sehen können, die Linie sieht der Auserwählte nur ein einziges Mal in seinem Leben. Zu guter Letzt kam dann noch der Wassergott Sobek. Er testet den Glauben an den Weg zum Baum. Erst wenn man voll und ganz daran glaubt, dass man ihn finden wird, erscheint seine Hütte am Horizont."

„Und du? Bringer der Wärme, Erleuchter unserer dunklen Nacht. Was testest du?"

„Nichts. Ich sorge nur dafür, dass keiner auf den letzten Metern erfriert. Es wäre doch schade, die wenigen, die es bis hierher geschafft haben, zu verlieren."

Luca nickt zustimmend, schnappt sich ein paar Spätzle und setzt sich wieder zu Prometheus.

„Wie kommst du hier in diesem ewigen Ort des Eises an so leckeres Essen?"

Prometheus lacht herzhaft. „Das ist die beste Frage, die mir je gestellt wurde. Ich habe mir gewünscht, nie mehr hungern zu müssen. Ich habe hier nicht viel in meiner Hütte. Aber ich habe immer ein Feuer und genug zu essen im Kühlschrank. Er füllt sich jede Nacht aufs Neue, mit allerlei Leckereien. Nur kochen muss ich selber."

„Wenn ihr alle Götter und Geister und so seid, wieso wünscht auch ihr euch dann etwas am Baum?"

„Wir waren nicht schon immer Götter. Das kam mit der Erfüllung unseres Wunsches. Auch wir wurden von Terrestika auserwählt. Die Menschen nannten uns Götter, aber eigentlich sind wir das nicht. Wir leben eher in einer Zeitanomalie und beherrschen gewisse Elemente um den Auserwählten den Weg zu erleichtern. Sonst bräuchtet ihr ja Jahre um bis hier her zu kommen. Zu viele würden einfach unterwegs erfrieren oder verhungern und der Charakter der Auserwählten könnte auch nicht so gut getestet werden, wären wir nicht."

Luca verfällt in nachdenkliches Schweigen.

Nach einem köstlichen Abendessen und dem leckersten Dessert, das Lotta sich vorstellen konnte – gut nach zwölf Tagen ohne allzu viel Leckereien schmeckt einfach alles köstlich - legen sie sich aufgewärmt und wohlig hin, um noch einmal richtig auszuschlafen.

„Lotta, hast du Prometheus vorhin gehört?" flüstert Luca.

„Ja. Ich kann das alles gar nicht glauben. Götter? Jetzt wo er es erzählt hatte, fiel es mir wieder ein. Das haben wir doch ganz früher mal in der Schule gelernt, dass es noch vor dem Glauben an die Naturgeister hier den Glauben an die Götter gab, und die Naturgeister ihre Handlanger waren. Die Namen und so haben wir nie gelernt. Ich glaub die kennt man auch gar nicht mehr. Götter! Kannst du das glauben?"

„Nein, naja er meinte ja nicht wirklich Götter. Aber trotzdem. Ich dachte es gab nur Terrestika, die die Welt erschuf. Vielleicht ist das alles nur ein seltsames Spiel dieser alten Götter und Megamenschen, ein Test an die Menschheit und wir versagen darin seit Anbeginn der Zeit."

„Oder Terrestika ist so etwas wie die sterbende Urmutter und die anderen helfen damit sie wieder gesund wird und aufersteht. Wenn man den erlösenden Wunsch anhängt, dann muss sie ja nicht mehr versteckt werden. Aber nein. Die wissen ja eigentlich alle wo sie ist, die könnten sie ja jeden Tag besuchen gehen."

„Oder Ragnaflok ist gar nicht der nette Hohepriester sondern ein eifersüchtiger Liebhaber von Terrestika. Er hat sie im Kerker eingesperrt und bewacht sie. Am Ende empfängt er uns gar nicht so freudenstrahlend, wie wir das denken, sondern bringt uns um, sobald wir in die Nähe der Höhle kommen!"

„Nein, das glaub ich nicht. Ich hab ihn in meinen Träumen gesehen. Schon immer sehe ich ihn in meinen Träumen. Er ist ein netter Mensch."

„Du träumst von ihm? Warum hast du das nie erzählt?"

„Das ist doch voll durchgeknallt. Das sind doch alles nur Geschichten."

„Ja, auch wieder wahr. Wie sieht er aus? Was träumst du da?"

„Er ist groß und alt. Aber zugleich jung. Er blickt dir bis auf den Grund deiner Seele. Vor ihm kannst du nichts verheimlichen. Wie ein Richter des Todes, der deine Seele abwägt. Ich stehe immer einfach vor dieser Höhle und traue mich nicht hineinzugehen. Wenn ich eintrete, wird die Zeit stehen bleiben. Die ganze Erde wird aufhören zu atmen und darauf warten, welchen Wunsch ich formuliere. Das lähmt mich in den Träumen so sehr, dass ich noch nie gewagt habe einen Schritt hinein zu gehen. Es schreckt mich jetzt aber nicht mehr ab. Im Gegenteil. Gerade beruhigt mich der Gedanke sogar, denn wenn wir erst die Höhle betreten haben, dann ist der Zeitdruck weg. Dann können wir uns alles in Ruhe ansehen und überlegen wie wir weiter vorgehen. Was ich mir wünsche."

„Weißt du immer noch nicht, was du dir wünschen sollst?"

„Nein, ich habe Ideen gehabt, aber sie alle verworfen. Ich glaube aber, dass ich es völlig falsch angegangen habe. Ich habe die ganze Zeit überlegt, wie ich das Elend der Welt beenden kann. Aber du hattest Recht. Das Leid zu beenden wird früher oder später wieder zum Leiden führen. Die Erlösung der Welt, von ihrem Elend liegt nicht in meiner Hand. Mir kam aber jetzt der Gedanke, dass man es vielleicht andersherum sehen muss, welcher Wunsch bringt die Menschen dazu, so zu leben, dass sie gar nicht mehr das Bedürfnis haben den Baum zu benutzen?"

„Das ist interessant. Auf den Gedanken kam ich noch gar nicht. Ja, das klingt schlüssiger. Wenn man erst einmal so lebt, dass es keinen Bedarf mehr gibt, sich Wünsche von einem Baum erfüllen zu lassen, warum sollte man dann dahin zurückkehren? Man würde ja einen Schritt zurückgehen von der Eigenständigkeit zur Abhängigkeit von einem Baum, der sterben kann. Der seine Magie verlieren kann. Der vernichtet werden kann."

„Ja. Aber mir war es zu kalt um weiter darüber nachdenken zu können. Und morgen wird es genauso sein. Jetzt seh ich erst mal einfach nur zu, dass wir diese Höhle finden. Und sobald wir darin stehen und hoffentlich nicht erfrieren - es wird da drin ja nicht so mega kalt sein wie hier draußen - nehm ich mir einfach die Zeit, die ich brauche um das ganze gründlich zu durchdenken."

„Wow, die Reise hat dich ganz schön verändert. Vor zwei Wochen hättest du dich nicht getraut, dir deine Zeit einzufordern und dir zu nehmen was du brauchst. Behalt das bei! Und jetzt schlaf gut, Süße."

Luca dreht sich um und ist wenige Augenblicke später eingeschlafen.

Behalt es bei. Wie Recht Luca hat. Warum fordert sie nicht einfach ein, was sie braucht? Seit Jahren leidet sie stumm neben Luca und Kim. Zu ängstlich, um zu ihren Gefühlen zu stehen. Anstatt einfach mal hinzugehen und Luca zu schnappen. Das wird sie tun, sobald sie aus dieser Höhle heraus sind. Sich Luca schnappen! Oder lieber doch nicht? Am Ende verliert sie Luca für immer. Ach ja, wenn es doch nur so einfach wäre, die angstfreie Einforderung dessen, was sie benötigt, beizubehalten.

Warum macht nicht einfach Luca mal diesen ersten wichtigen Schritt? Das wär doch viel romantischer, wenn Luca auf sie zukäme, ihr die Haare aus dem Gesicht streicht. Sich vorsichtig, ganz vorsichtig nähert. Ihr tief in die Augen blickt und in einem endlosen, ersten Kuss mit ihr versinkt. Ja, das wäre schön.

Dann später an Lucas weiche Haut gekuschelt endlich die Finger über diesen perfekten Körper gleiten lassen. Die samtige Weichheit unter den eigenen Fingerspitzen zu fühlen. Einmal mit den

Händen in dieses wuschelige Haar zu fassen. Es ist bestimmt superweich, auch wenn es so starr und fest aussieht. Sie hat noch nie Lucas Haare angefasst. Und auch die Vorstellung, dass Luca sie küsst. Sie anfasst. Diese weichen, geschickten Finger. Sie kennt niemanden, der kleine Sachen so präzise und geschickt zusammenbasteln kann wie Luca. Bei dem extremen Feingefühl in den Fingern, wie kann Luca da erst an ihr herumbasteln?

Lotta wird heiß. Sie merkt wie sich ihr Unterleib vor Lust und Sehnsucht zusammenzieht. Prometheus schläft. Luca schläft. Kann sie es wagen? Es ist zwei Wochen her, dass sie einen Orgasmus hatte. Und diese Gedanken an Lucas Hände.

Sie horcht noch einmal in die Dunkelheit hinein. Ob wirklich alle schlafen, schließt die Augen und schiebt ihre Hand unter das Höschen. Nein es ist Lucas Hand. Sie ist schüchtern und nähert sich langsam. Krault erst einmal durch das peinlich lange Schamhaar, aber das törnt Luca nur noch mehr an. Mit der anderen Hand streichelt Lotta sich die Brustwarzen, knetet sie leicht. Lucas Mund, der neugierig an ihr knabbert. Die andere Hand wandert derweil weiter nach unten und die Finger kribbeln ganz zärtlich links und rechts ihrer Schamlippen auf und ab. Lotta muss sich ein sehnsüchtiges Stöhnen verkneifen. Sie stellt sich vor, wie Luca ihr den Hals küsst, den Bauch. Sie in den Haaren packt und fordernder wird. Lucas Finger gleiten nun kräftiger über die Schamlippen hinüber und streichen öffnend über ihren feuchten Schlitz. Lotta erschrickt über sich selber. So feucht war sie noch nie. Ihr gesamter Unterkörper pulsiert schon jetzt vor Lust, obwohl sie sich noch gar nicht richtig angefasst hat. Alles zieht und sehnt sich nach Lucas Fingern. Nach Lucas Mund. Nach Luca. Jetzt gibt es kein Halten mehr für Lotta, sie zieht sich eines der Fälle näher und presst es auf ihren Mund, damit ihre schnelle, schwere Atmung nicht so zu hören ist. Geschickt bringt sie sich selber weiter, näher an den Höhepunkt. Sie ist so lange nicht richtig rangenommen worden. Wie geil wär das, wenn Luca sie mal richtig durchvögeln würde. Lotta springt in ihrer Fantasie weiter, wie Luca sie umgedreht hat, so dass ihr Hintern und ihre Muschi schön nach oben rausragen und alles frei zugänglich ist. Wie Luca mit diesen geschickten Händen überall gleichzeitig reibt. Hart und heftig fickend in ihr, gleichzeitig schnell kreisend an der Klitoris und mit dem Daumen, der so noch den letzten Kick rausholt, einen leichten Druck auf ihren Damm gibt. Der Daumen und die trommelnd-kreisenden Finger, die ihre Extase ins unermessliche steigern. Lotta presst sich das Fell noch dichter auf den Mund. Luca. Luca stößt hart und schnell in sie hinein. Da explodiert Lotta in einem heftigen Orgasmus. Ihr ganzer Unterleib zuckt. Immer und immer wieder. Bis sie erschöpft und entspannt die Hand aus ihrem Schritt zurückzieht, das Fell aus ihrem Mund holt und sich zur Seite einkringelt.

Das war echt überfällig. Aber sie ist immer noch geil auf Luca.

Wie kann sie nach dem Orgasmus immer noch geil sein?

Sie atmet tief ein. Lucas animalischer Geruch strömt ihr in die Nase. Es kribbelt ihr immer noch alles im Unterleib, sie hat es sich einfach zu schnell gemacht. Naja, es schlafen immer noch alle. Warum nicht noch eine zweite Runde?

Still und leise. Zärtlich. Lotta steckt wieder ihre Hand zwischen ihre Beine. Diesmal aber nicht so direkt. Minutenlang bringt sie sich langsam immer näher an einen Orgasmus. Träumt davon, wie Luca sie zärtlich verwöhnt. Sie liebevoll mit der Zunge erforscht. Vorsichtig an ihr knabbert. Wie Luca vor Wollust auf sie aufstöhnt, aber sich zurückhält. Jetzt zählt nur sie. Nur Lotta. Lucas Mund zieht sich zurück, die Hände strecken sich nach oben und massieren vorsichtig ihre Brüste. Bis sie vor Erregung bettelt, darum bettelt, dass Luca es zu Ende bringt. Da versenkt Lucas Zunge sich wieder zwischen ihren Beinen, kreist erst und fährt dann nur noch mit der feuchten, festen Zungenspitze immer und immer wieder rhythmisch über sie hinweg. Bringt ihr die erlösenden Zuckungen.

Lotta ist völlig hinüber. Sie zieht ihre Hand erneut aus der Hose und liegt platt unter ihren Fellen. Ja, jetzt wird es gehen. Sie kuschelt sich ein und fällt in einen tiefen, traumlosen Schlaf.

Kapitel 18: Richard Strauss: Also sprach Zarathustra – BBC Proms

Check 18: Zitrusmakronen backen: Zitronat sehr fein hacken; Eiweiß steif schlagen, 150g Puderzucker zum Eiweiß rühren; 1Tl Zitronen, 1TL Orangensaft dazu geben und schlagen bis die Masse matt glänzt; Schale von Orange und Zitrone, Mandeln und Zitronat unterheben; Mit Teelöffeln Häufchen auf das Backblech setzen und bei 160° Ober-Unterhitze 20 Minuten in der Mitte backen. Zum Verzieren 2-3EL Orangensaft und 125g Puderzucker verrühren und Linien über die Makronen ziehen.

Völlig tiefenentspannt wacht Lotta am nächsten Morgen auf. Sie hätte das schon viel früher machen sollen! Endlich vernebelt ihr diese Lust auf Luca nicht mehr das ganze Gehirn!

Nach einem ausgiebigen Frühstück mit Ei und Speck, Marmeladenbrot und frischem Obst. Jogurt und Müsli, packen sie noch ein bisschen Kuchen für den Tag ein, schnallen sich die Schneeschuhe an, werfen die Felle über und gehen zur Tür hinaus.

An der Schwelle schenkt Prometheus ihnen noch eine Laterne mit diesem seltsamen, kalten Feuer darin. Luca gibt ihm ein Küsschen auf die Wange. Lotta winkt ihm zu. Dann dreht sie sich um und läuft auf den letzten Metern dieser Lichtspur weiter. Es ist genauso dunkel und kalt wie am vorigen Tag, aber nach einer Stunde erreichen sie den Fuß eines Berges. Oben am Hang schimmert ein bläuliches Licht.

„Ich bin echt platt, aber wir müssen da jetzt hoch. Wenn wir eine Pause machen, erfriere ich."

„Ja, lass da hoch steigen. Vielleicht noch eine Stunde. Das schaffen wir."

„Die Spur geht wohl im Kreis den Berg hinauf. Sollen wir ihr folgen oder direkt hoch kraxeln?"

„Lass lieber brav auf der Spur laufen, auch wenn es eine Stunde länger dauert."

Der Weg geht sehr steil nach oben. Auf der Rückseite des Berges weht ihnen ein eisiger Wind entgegen. Er nimmt ihnen die Luft. Jedes Einatmen fühlt sich an, als würden sie ins kalte Meerwasser fallen und darin ertrinken. Weiter. Einfach immer weiter gehen. Schritt für Schritt für Schritt durch die Dunkelheit. Gegen den Wind. Gegen die endlose, klirrende Kälte. Gegen den inneren Jammerlappen, der einfach nur mit dem Rücken zum Wind den Berg wieder hinunter rennen und sich in Prometheus Hütte verkriechen will. Es kann nicht mehr weit sein. Noch um eine Kurve. Geh weiter Lotta. Beiß dich durch. Die Beine schmerzen vom steilen Anstieg. Die Lunge schreit von der eisigen Luft. Das Herz explodiert fast in der Brust. Weiter. Immer weiter.

Endlich kommt die erlösende Kurve. Weg von dem harten Wind. Weg von der Qual. Sie stellen sich kurz in einen Felsspalt um zu verschnaufen.

„Letzte Kurve, dann sollten wir fast oben sein."

„Ich bin ein bisschen aufgeregt. Das ist irgendwie alles, wie ein Traum. Total verrückt oder?"

„Ja, aber für Träume ist es viel zu kalt. Also los, weiter."

*Sie treten wieder in den Wind hinaus und stapfen unermüdlich bergan. Bis zur letzten Kurve. Die Laterne schlackert in ihrer Hand.

Der Wind hört schlagartig auf, als sie die Kurve beendet haben. Die Höhle liegt vor ihnen. Ein blauer Lichtschein fällt auf den Weg davor. Warme Luft strömt aus der Höhle heraus. Lotta und Luca stehen andächtig vor diesem Portal zu einer anderen Welt. Ehrfürchtig, trauen sie sich plötzlich keinen Schritt mehr weiter.

„Wir sind da." flüstert Luca ungläubig. „Wir sind tatsächlich da."

Lotta wagt den ersten Schritt hinein in den eisigen Flur. Luca folgt mit großen Augen. Die Wände funkeln und glitzern im Schein der Laterne. Lotta zieht die Handschuhe aus und streift über die Wand. Sie hat noch nie etwas so glattes berührt, etwas so perfektes.

Sie gehen weiter den Gang entlang. Es wird langsam angenehm warm. Natürlich nicht wirklich warm, aber in den Fellklamotten und ohne den Wind ist es jetzt wirklich angenehm. Sie ziehen die überflüssigen Schneeschuhe aus.

„Lass uns hier erst noch eine Rast einlegen und den Kuchen essen. Ich bin so nervös, Luca. So aufgeregt, als wär heut mein erster Schultag. Ich muss noch mal ein bisschen zu mir kommen. Ich kann es immer noch nicht glauben, gleich seh ich den Baum der Wünsche!" Lotta ist hin und her gerissen zwischen Angst und Hibbeligkeit. Ein unerträglicher Gemütszustand. Sie hüpft völlig überdreht von einem aufs andere Bein.

Luca zieht sich die Handschuhe aus und nimmt beruhigend Lottas Hand. „Schau mir in die Augen. Einatmen. Ausatmen. Einatmen. Ausatmen." Lotta kommt langsam runter, die Nervosität sinkt nach unten in ihre Füße. Fließt aus hier heraus. Versickert im Höhlenboden. Sie kribbelt nur noch ganz leicht in ihren Händen. Luca sieht wieder die Spur. Die ganzen Wände strahlen kunterbunt. Sie stehen mitten in einem Regenbogen. Luca senkt den Blick auf die wild umwaberten Hände. Lotta folgt diesem Blick und starrt verständnislos auf das Lichtspiel.

„Das wolltest du mir zeigen. Am Flussufer."

„Ja."

„Es ist wunderschön."

„Ja."

„Wo kommt das her?"

„Es kommt aus dir."

„Nein."

„Doch. In der Nacht der Verlobungsfeier sah ich es zum ersten Mal. Am Moor sah ich es wieder. Am Fluss war ich dann aber auch überrascht, dass ich plötzlich als Antenne für Essen fungiere. Es kommt immer wenn wir uns berühren und du eins mit dir und der Welt bist."

„Warum wolltest du mir das zeigen?" Lottas Herz zerspringt fast vor Freude. Ist es wahr? Ist sie die Andere, die es seit einem Jahr gibt? Sie schaut wieder nach oben in diese wunderschönen Augen.

Luca schaut sie ängstlich an.

„Weil ich" Ein ohrenbetäubender Lärm bricht hinter ihnen los. Luca blickt an ihr vorbei, wird schlagartig kreidebleich, zerrt Lotta mit sich und brüllt. „Lauf!"

Hinter ihnen stürzt der Höhleneingang zusammen. Der Tunnel bricht ein. Sie rennen so schnell sie können. Vor ihnen öffnet sich eine Weggabelung.

„Wo lang?" brüllt Luca.

„Rechts!" brüllt Lotta zurück.

Sie schlittern um die vereiste Kurve. Luca prallt hart gegen die Wand. Lotta knallt ungebremst in Luca. Schon stürzt der Gang aus dem sie gerade abgebogen sind in sich zusammen und versperrt den Weg zurück. Ihr Gang bleibt zum Glück intakt.

„Fuck, meine Rippen." jammert Luca.

„Tut mir leid. Kann ich was tun?" fragt Lotta besorgt.

„Nein wird schon gehen. Lass uns einfach schnell das hier zu Ende bringen, damit ich zum Arzt kann."

„Aber was wolltest du mir gerade sagen?"

„Nicht so wichtig." stöhnt Luca und versucht ein bisschen Luft zu bekommen. Ein Nicken in die Tiefen des Gangs setzt der Diskussion ein Ende. Luca stütz sich auf Lotta und humpelt mit ihr Richtung Höhlenöffnung.

Kapitel 19: Tchaikovsky - The Sleeping Beauty – Ballett Suite – Pas d´action - Adagio

Check 19: Letzte Shoppingrunde, falls doch noch das ein oder andere Geschenk fehlt. Weihnachtskarten besorgen.

*Nach ein paar Schritten bekommt Luca wieder leichter Luft und läuft, mit einer Hand auf die Rippen gepresst, ohne Lottas Hilfe, weiter. Aus der Gangöffnung vor ihnen scheint ein waberndes Licht heraus. Eine Art Brummen erfüllt die Luft. Als wäre die Höhle elektrisiert.

Lotta hält kurz vor dem Ende des Gangs noch einmal an. Nervös schüttelt sie die Hände aus. Die Anspannung steht ihr ins Gesicht geschrieben. „Sollen wir es wirklich wagen?"

„Ja." Lucas Stimme bricht vor Aufregung. Die kurzen Haare im Nacken stehen, elektrisiert von der Energie die hier herrscht, senkrecht ab. Sie sind nur wenige Schritte von der sagenumwobenen Höhle entfernt, aber würden am liebsten bis in alle Ewigkeit davor stehen bleiben. Sie sind so weit gekommen, aber diese letzten Meter werden endgültig das Band zwischen Illusion und Realität zerschneiden. Was wenn sie enttäuscht sind? Wenn es nur

ein mickeriger, kleiner Strauch ist und nicht der riesige Baum den sie sich vorstellen?

Lotta atmet noch einmal tief ein und tritt durch die elektrisierte Pforte in die riesige Höhle.

Da steht er. Ein gigantischer, mächtiger Baum. Die ganze Höhle funkelt und glitzert als würde silberner Schnee herunterfallen. Und der Baum, er leuchtet irgendwie von innen heraus. Er strahlt warm-orange, als würde ihn die untergehende Sonne des Abends küssen.

Er steht auf einer Insel mitten in einem See aus regenbogenfarbenem Nebel. Immer wieder sinken Wolken von der Decke herab und lösen sich darin auf. Der Teich mündet in einen kleinen, niedlichen Bach, der die Höhle durch einen Wasserfall in ungeahnte Tiefen verlässt.

Das Seelenwasser singt regelrecht wie ein harmonischer Chor. Ganz zart summend, wenn es von der Decke zur Wasseroberfläche segelt. Leise und lieblich, auf dem Weg durch das Bächlein. Sonor und kräftig, wenn es in die Tiefen stürzt.

Eine Brücke aus blauem, glattem Eis führt vom Ufer hinüber zur Insel. Das Geländer ist fantasievoll geschwungen. Als hätte es ein Drechslermeister aus Holz gedreht. Auf dem Handlauf und dem Weg aber liegt Raureif und verziert ihn weiß, wie eine griffige Zuckerglasur.

Lotta will gerade Lucas Hand nehmen um ihr dieses fantastische Wunder zu zeigen, da sieht sie Lucas staunendes Gesicht. Wie ein Kind vor einem riesigen Lolli, steht Luca da und weiß gar nicht wohin zuerst mit den Augen.

Lotta wendet den Blick wieder diesem wundervollen Teich zu. Das muss der See der Urseele sein. Hier beginnt und endet das Leben. Hier zu den Wurzeln des Baums der Wünsche. Hier wird sie irgendwann auch wieder vereint werden mit dem großen Ganzen. Es ist so friedlich hier.

Der Baum, wird er genährt von der Energie der Urseele? Ist dies alles miteinander verwoben? Das Sehnen jedes einzelnen Menschen, die Urseele und der Baum der Wünsche?

Und dieser Baum erst, er hängt von oben bis unten voll mit gläsernen Kugeln. Darin bewegen sich Bilder. Nicht in allen. Manche sind einfach mit rotem Rauch gefüllt. Das müssen die Wünsche sein, die schon in Erfüllung gingen.

In allen anderen Kugeln sieht man richtige kleine Filme ablaufen, wieder und immer wieder, von dem, was in Erfüllung gehen soll. Es ist einfach unglaublich. So viel schöner als Lotta es sich je vorgestellt hatte. So funkelnd, so glitzernd, so perfekt.

Lotta macht einen weiteren Schritt hinein in die Höhle. Ein tiefer, schwerer Gong ertönt und brummt lange nach. Die Wolken hören auf von der Decke zufallen. Der Wasserfall erstarrt. Lotta schaut Luca an. „Ich glaub jetzt steht die Zeit still."

„Das ist gruselig."

Lotta läuft andächtig-langsam zur Brücke, überschreitet sie und steht endlich am Baum der Wünsche. Sie legt ihm vorsichtig eine Hand auf den Stamm. Er ist warm und pocht ganz leicht. So als hätte er einen eigenen Herzschlag. Sie legt die zweite Hand dazu, schließt die Augen und lehnt die Stirn an ihn.

Es ist, als könnte sie ihn hören. In ihrem Kopf. Wie er atmet. Wie er lebt. Wie er stöhnt, vor Sehnsucht nach seiner Erlösung. Wie ermüdend es sein muss, all diese Wünsche zu erfüllen. Pausenlos. Lotta würde den Baum am liebsten einmal richtig dolle drücken, aber der Stamm ist so mächtig, sie kommt nicht einmal ein Achtel um ihn herum.

Aber Kraft kann sie ihm schicken. Nur wenig, aber besser als gar nichts. Sie lässt ihre Energie durch die Hände in den rauen, borkigen Stamm hinein fliesen. Atmet noch einmal ein, öffnet die Augen und lässt den Baum wieder los.

Das war das Beste, was sie in ihrem ganzen Leben gefühlt hat.

Luca steht neben ihr und betrachtet staunend die Kugeln.

Nicht nur, dass sie keinen Zettel abnehmen und neu beschriften können, nein, der unterste Ast schwebt auch in unerreichbarer Höhe. Selbst mit einer Räuberleiter werden sie ihn nicht greifen können.

„Das ist nicht so einfach, wie ich dachte." kommentiert Luca trocken. „Aber wir werden es hinkriegen. Irgendwie. Weißt du denn mittlerweile, was du dir wünschen wirst?"

„Ja." kommt es völlig unüberlegt und spontan aus Lotta geschossen.

„Echt? Seit wann?"

„Seit gerade. Aber ich verrat es dir lieber nicht. Ich glaube das ist etwas, das man heimlich, still und leise machen muss, damit es funktioniert."

„Ja, ich denke, das ist besser."

Luca fasst ganz vorsichtig auch einmal an die zerfurchte Rinde des Baumes. Er pulsiert regelrecht. Er gibt innere Ruhe, etwas das Luca so überhaupt nicht kennt. Luca folgt Lottas Beispiel und legt die zweite Hand und die Stirn an den Stamm. Es ist ein unbeschreibliches Gefühl, diese absolute, innere Ausgeglichenheit. Das Stillstehen der Gedanken. Das eigene, tiefe, rhythmische Atmen im Einklang mit dem Puls des Baumes.

„Er lebt. Meinst du das ist ein Er oder eine Sie?"

„Ich glaube **es** ist einfach. Es ist außerhalb von allem. Außerhalb von Zeit. Außerhalb von Raum. Außerhalb von Normen."

„Es ist lebendiger als alles, was ich in meinem Leben angefasst habe. Dabei steht es hier am totesten Ort, an dem ich je war."

Luca legt erneut eine Hand auf den Stamm und läuft langsam eine Runde um den Baum herum. Mit dem Blick suchend, ob es irgendwo eine Möglichkeit gibt, ihn zu erklimmen.

„Nichts. Kein Weg da hinauf."

„Lass uns doch mal den Rest der Höhle absuchen. Vielleicht ist irgendwo eine Leiter oder sonst etwas."

Zum ersten Mal überhaupt wenden sie den Blick von diesem alles einnehmenden Baum und dem Seelensee ab.

„Was meinst du, wird wohl passieren wenn wie den See berühren?" fragt Luca neugierig

„Ich weiß nicht. Lieber nicht. Am Ende löst sich unsere Seele noch darin auf. Und wir müssen als Zombies weiterleben."

Kapitel 20: Bizet: Prélude y Aragonaise de Carmen / Sinfónica Ciudad de Zaragoza

Check 20: Nahrungsmittelvorrat für eine Woche auffüllen, sonst droht der Hungertod am Feiertage. Bedenke, dass auch die Zutaten fürs Weihnachtsmenü geholt werden. Supermarkt ist ab sofort sieben Tage Sperrzone.

*Luca und Lotta verlassen die Insel und laufen die Höhle ab. Sie ist nicht viel größer als der Teich. Beim Betreten waren sie so paralysiert vom Anblick des Baumes, dass sie überhaupt nicht wahrnahmen, dass hier nicht viel mehr ist als Baum und See. Überall funkelt und glitzert es, aber einen weiteren Ausgang oder versteckte Buchten gibt es nicht. Hier sind einfach nur die Insel und der Seelenkreislauf. Eingeschlossen in makellos glatte Eiswände. Keine Leitern. Keine Hilfsmittel. Nichts.

„Wir sitzen in der Falle." stellt Luca nüchtern fest. „Es gibt nur den einen Ausgang und der ist verschüttet."

„Lass mal in das Wasserfallloch gucken, vielleicht sehen wir da ja noch irgendwas." seufzt Lotta ratlos.

Vorsichtig robben sie bäuchlings näher und beugen sie sich über die Kante des Bodens.

Es ist tatsächlich ein endloser Wasserfall. Wie ein mächtiger Regenbogen fällt er in die Tiefen der Erde und wird weit unten von der Dunkelheit verschluckt.

„Nein, ich hoffe da müssen wir nicht hinein hüpfen. Auf Nachahmungsversuche zu Alices Sprung in den Kaninchenbau hab ich im Moment gar keine Lust."

Luca steht wieder auf.

„Lass uns diese Kugeln und den Baum noch mal genauer betrachten, vielleicht finden wir einen Hinweis und um die möglichen Wege nach draußen kümmern wir uns später."

„Ja, das wird das Beste sein. Zur Not könnte ich uns ja immer noch nach Hause wünschen, statt etwas für die Welt zu bewirken."

Lotta steht unter dem Baum und starrt die nächste Kugel an. Minutenlang. Stundenlang. Tagelang. Zumindest gefühlt. Während Luca klopfend und tastend und ziehend den Baum nach einer geheimen Tür absucht.

Immer und immer wieder läuft in dieser Kugel der gleiche Film, der gleiche Gedanke ab. Eine Frau bekommt ein Baby. Einen kleinen, süßen Jungen. Eigentlich Folter, dieses Video in Dauerschleife anzusehen. Die hat echt Schmerzen! Da vergeht Lotta sämtlicher Kinderwunsch, der jemals in ihr existierte. Da ist es wieder das süße Baby, der Kleine. Moment. Das ist plötzlich ein Mädchen. Aus dem Jungen wurde ein Mädchen!

Lotta schaut sich die Kugel noch zehn Mal an. Ja, es ist und bleibt ein Mädchen. Endlich wendet sie den Blick ab von diesen Horrorbildern, den angeblichen Freuden der Geburt.

Nachdenklich lässt sie sich am Baumstamm nach unten gleiten. Sitzt angelehnt entspannt am Boden und denkt nach.

Der Baum wärmt ihr angenehm den Rücken und erzeugt ein leichtes wohliges Brummen in ihrem Kopf. Sie könnte glatt einschlafen, wie ein Baby und sich Jahrhunderte nicht mehr wegbewegen. Wie Dornröschen, hinweg schlummern. Lotta fallen die Augen zu. Sie fällt direkt in einen Traum. Den Traum, in dem sie Luca küsst. Wie sie sich ansehen und die Welt um sich herum vergessen. Alle Regeln, alle Vorurteile. Nur noch sie beide zählen. Wie sich ihre Blicke treffen. Meeralgengrün und bernsteinbraun. Dann kommen sie aufeinander zu und versinken im Anderen. Für immer vereint. Seite an Seite. Ihre Seelen verschmelzen, fließen ineinander, ergänzen sich zu einer perfekten Harmonie.

Währenddessen beendet Luca die Runde um den Baum und findet Lotta schlafend an den Stamm gekuschelt. Wie süß und unschuldig sie aussieht. Zum Abknutschen. Zum Wachküssen? Nur wie rankommen ohne Lotta vorher zu wecken? Luca kniet neben ihr nieder und versucht irgendwie in eine mögliche Kussposition zu kommen. Unmöglich. Vorsichtig streift Luca Lotta eine Strähne aus dem Gesicht. Diese zarte Alabasterhaut. Lucas Finger sind wie ein

Reibeisen auf diesen seidigen Schläfen. Lotta blinzelt kurz und strahlt Luca glücklich an. Ihr Traum ist wahr geworden, da ist Luca, direkt vor ihr und sie haben sich geküsst.

Dann kommt ihr die Erinnerung an den Baum schlagartig zurück. Sie schüttelt den Traum ab und richtet sich abrupt auf.

„Luca, da oben, die Kugel mit der Geburt. Siehst du sie?" Lotta zeigt auf die Kugel schräg über sich.

„Ja. Meine Güte, das ist ja fürchterlich! Warum tut das Baby der armen Frau so weh?" Luca springt entsetzt auf und verzerrt völlig schockiert das Gesicht. „Ich dachte eine Geburt wäre was Schönes. Romantisches."

„Egal. Schau, es ist ein Mädchen." Lotta steht auf und stellt sich neben Luca.

„Ja, süß. Aber warum zwingst du mich, mir das anzusehen?" Luca dreht sich um und sucht fragend die Antwort in Lottas faszinierenden Bernsteinaugen, die im Licht des Baumes warm und liebevoll rufen.

„Vorhin war es ein Junge. Immer und immer wieder. Dann zack, von einem zum anderen Mal ein Mädchen."

„Dann hat sie ihren Wunsch geändert. Ich dachte die Zeit steht still." Luca löst sich schweren Herzens von diesem Blick.

„Ja, dachte ich auch."

„Wie hat sie dann ihren Wunsch geändert? Wir sind doch alleine hier." Luca dreht sich noch einmal vergewissernd im Kreis, ob auch wirklich niemand da ist.

„Was, wenn man gar nichts aufschreiben muss? Vielleicht hilft uns das nur, uns auf den Wunsch voll und ganz zu konzentrieren. Aber in Wirklichkeit ist es so, dass du dir einfach etwas aus tiefstem Herzen wünscht und dann ändert sich das Ganze am Baum."

„Mmm. Ja. Vielleicht ist Es irgendwie mit unserer Seele verknüpft. Hier, der Teich wird ja die Wurzeln des Baumes irgendwie speisen. Das muss ja irgendwoher seine Energie ziehen. Wenn wir nun an die Urseele angebunden sind – unser Leben lang. Wenn es auch nur ein unscheinbar dünner Faden wäre, dann könnten wir so mit dem Baum kommunizieren. Von überall her."

„Ja, und nur weil die Zeit still steht, heißt das ja nicht, dass alle da draußen traumlos oder wunschlos schlafen. Vielleicht ist sie schwanger geworden im Lauf des Jahres und jetzt will sie einfach unbedingt ein Mädchen haben statt einem Jungen. Der Wunsch könnte so stark in ihr sein, dass er hier am Baum ankommt."

Luca dreht sich wieder zu Lotta und schaut ihr in die Augen.

„Dann hätte aber jeder tatsächlich nur einen Wunsch. Die Geschichten scheinen viel Blödsinn zu erzählen."

„Ja, es sind eben uralte, überlieferte Geschichten."

„Aber die Zeit steht still, wir können es ja ganz einfach mal austesten. Wenn wir deine Kugel gefunden haben, dann wünscht du dir aus tiefstem Herzen etwas anderes, bis wir den Dreh raus haben und es in der Kugel sehen."

Luca fängt an Lottas Kugel zu suchen. Noch bevor Lotta protestieren kann, zeigt Luca über sich und sagt: „Da bist du!"

Kapitel 21: HAUSER – Mediation from Thais (Massenet)

Check 21: Alle restlichen Geschenke einpacken und beschriften. Wohnung dekorieren.

*Luca verstummt und betrachtet den Film. Immer und immer wieder. Jetzt ist auch für Luca die Zeit stehen geblieben. Der Anblick des Wunsches katapultiert Lucas Gehirn in eine ungläubige Schockstarre.

Da schweben sie beide. Fingerspitze an Fingerspitze. Außerhalb von Zeit und Raum. Dieses wabernde, in allen Farben pulsierende Licht, fließt um ihre zart verbundenen Hände. Nein, nicht nur um ihre Hände sondern um ihre ganzen Körper. Wie eine zweite Haut. Ein warmes Licht, das sie beide beschützend umhüllt.

Sie fliegen langsam weiter aufeinander zu und küssen sich vorsichtig, zärtlich, endlos. Verharren in diesem schwebenden Zustand der Vollkommenheit. Dann lösen sie sich aus diesem ersten, überirdischen Kuss. Während sie sich tief in die Augen sehen und sich an den Händen festhalten, um sich nie wieder zu verlieren, treten ihre Seelen aus ihnen heraus, umschlängeln sich erst schüchtern, dann fordernder. Zwischen ihnen steigen die beiden

Seelen empor, wie zwei sich umwindende Rauchsäulen. Fließen ineinander. Werden eins. Verschmelzen. Ergänzen sich. Es ist perfekt. Die Symbiose ihrer Seelen. Das ist mehr als Luca sich erträumt hatte. Nicht nur ein Kuss, nicht nur Sex, sondern eins zu sein. Für immer miteinander verbunden zu sein. Außerhalb von Zeit und Raum zu existieren, für ewig. So, dass sie auch nach dem Tod noch eins sein werden, hier im See. Nie mehr ohne Lotta.

Lotta starrt ebenfalls völlig überrascht in diese Kugel. Auch ihre Zeit hat aufgehört sich weiter zu drehen. Zu unverständlich ist ihr der Anblick dessen, was in dieser Kugel passiert. Es ist exakt der Traum, den sie gerade hatte. Egal, was da vorher für eine Kussvariante am Baum hing, das ist mehr, als sie vor Monaten auf den Zettel schrieb. Es ist allumfassend. Es ist die Vollendung. Mehr als nur ein Kuss. Mehr als alles, was sie sich jemals mit Luca gewünscht oder vorgestellt hatte. Es ist die Ewigkeit. Es ist die Verschmelzung zweier verwandter Seelen. Nie mehr ohne die andere Hälfte sein zu müssen. Sich nie mehr unvollständig zu fühlen. Alles Sehnen, alles Suchen hat für immer ein Ende. Der Kuss ist unwichtig. Er ist nur ein winzig-kleiner Schritt auf dem Weg zur Erfüllung. Denn nur mit Luca ist sie vollständig. Nur mit Luca ist kein Schmerz in ihr. Ist keine Leere in ihr. Alles was war, verblasst hinter dem, was sein wird.

Was sein könnte, wenn sie den Wunsch einfach so wie jetzt am Baum hängen lässt.

Wie konnte sie all die Jahre nur so kurzsichtig sein und nur an einen Kuss denken? Nur an Sex? Nur an das Hier und Jetzt? Wenn da so viel mehr erreichbar wäre. So viel mehr als Nähe im irdischen Leben, das nicht länger als einen Atemzug währt. Nicht nur eine körperliche Einheit, nein, eine spirituelle, die alles überdauert. Tod und Wiedergeburt. Raum und Zeit. Wie naiv und eingeschränkt war sie nur all die Jahre, in ihrer beengten Sicht auf das Leben! Wie dumm und kindisch war dieser Wunsch an einen unbedeutenden Kuss. Wie dämlich wäre es, diese Vision der perfekten Ewigkeit aufzugeben?

Lucas Gehirn kommt langsam wieder im Hier und Jetzt an. Es verarbeitet häppchenweise das, was dort in der Kugel passiert. Lotta will es auch. Luca würde sich am liebsten sofort umdrehen und Lotta küssen, aber das geht nicht. Sie müssen diesen Wunsch abändern. Die Welt erlösen. Nicht nur sich selber bereichern. Das wäre wundervoll, diese Ewigkeit. Diese Seelennähe. Aber es wäre absolut falsch, den Wunsch dafür zu benutzen. Ein Kuss kommt gerade überhaupt nicht in Frage. Nicht, dass er den Wunsch zur Erfüllung bringen würde!

Soweit hatte Luca nie gedacht, an ein mehr. Ein für immer. Bisher stand nur diese Anziehung im Raum. Die Begierde, das Verlangen. Ein Hauch von Einheit, ja. Der Wunsch das Leben mit Lotta zu teilen - unbedingt. Aber an eine ewige Verbindung über den Tod hinaus? Nein. Das widersprach sämtlichen Überzeugungen Lucas. Tot ist tot. Aber jetzt stehen sie hier. Auf einer Insel im See der Urseele. Von oben kommen die toten Seelen zurück, nach unten fließen neugeformte Seelen hinaus in die Welt. Dann war da auch noch dieser Sumpf des Todes, der Ort an dem schlechte Seelen eliminiert werden. Verdorbene Seelenteile, die nicht mehr hier in den See zurückkommen können. Alles ist miteinander verwoben, verbunden, endlos.

Die Vorstellung ist irgendwie beängstigend. Ewigkeit. Leben in Dauerschleife. Und das für immer verwoben mit Lotta.

Das ist eine wirklich romantische Vorstellung. Aber will Luca das überhaupt? Luca wendet endlich den Blick von der Kugel ab und schaut nachdenklich ins Nichts. Eine endlose Ewigkeit mit ein und derselben Person? Das ist echt eine gruselige Vorstellung. Das sprengt Lucas Vorstellungskraft. Das ist nichts, was jetzt und hier entschieden werden kann. Oder doch? Muss es jetzt entschieden werden? Egal, wie seelenverwandt Lotta ist – ist es gut für alle Ewigkeit mit einer Seele zu verschmelzen? Und sind nicht alle Menschen seelenverwandt, wenn alle aus diesem Teich gebaut wurden? Ist Lotta dann überhaupt noch etwas Besonderes? Könnte Luca da nicht mit jeder beliebigen Seele der Erde ebenso für alle Ewigkeit verschmelzen? Ist Lotta vielleicht so etwas wie die Komplementärseele? Die sich perfekt ergänzende Seele aus dem gleichen Teich? Die es nur ein einziges Mal in tausend Leben gibt? Also doch etwas besonders und nie mehr wieder findbares? Beendet man diesen ewigen Kreislauf vielleicht wenn man diese eine Komplementärseele gefunden hat? Dann wäre es doch gut, Lotta jetzt auf der Stelle zu küssen.

Lottas Gehirn fängt ebenfalls langsam wieder an zu arbeiten. Diese Zettel sind totaler Blödsinn. Man muss es sich anscheinend einfach ganz fest wünschen, dann ändert sich der Kugelinhalt. Vermutlich ist es leichter, dabei den Baum anzufassen und die Stirn dagegen zu lehnen. Aber prinzipiell reicht es, sich aus tiefstem Herzen etwas zu wünschen. Ob auch die Anzahl eines einzigen Wunsches falsch ist? Kann man vielleicht nach der Erfüllung diesen roten Rauch dazu bringen sich neu zu formen? Sie könnte dann diesen Wunsch in Erfüllung gehen lassen und danach die Welt retten. Beides haben.

In dem Moment rastet Lottas Gehirn endlich wieder völlig ein. Was soll der Mist? Auf dem ganzen Weg wurde immer wieder von dem einen Wunsch gesprochen, es muss so sein. Sie muss den Wunsch ändern! Es ist fürchterlich. Wie oft hat sie sich in den letzten zwei Wochen schon von diesem Wunsch verabschiedet? Von Luca gelöst. Ihr Glück aufgegeben? Aber so hart wie jetzt war es vorher nie. So real wie jetzt. So allumfassend. Es war immer nur ein Kuss. Eine Beziehung, die eine Millisekunde der Weltenzeit ausmachen würde. Eine Beziehung, erkauft auf Zwang. Geboren durch Magie. Für alle Zeit in ihrer

Aufrichtigkeit und Ehrlichkeit fraglich. Aber jetzt ist es so viel mehr. Sie soll die Ewigkeit aufgeben. Ihre Erlösung. Lucas Erlösung. Das Ende dieses ewigen, zermürbenden Kreislaufs der Seelen. Wie soll sie das nur aufgeben?

Es ist egal. Mein persönliches Glück ist unwichtig. Die Welt ist wichtiger als ich. Irgendwann werden wir wieder vereint sein und in einem anderen Kreislauf des Lebens die Erfüllung in unserer Vereinigung finden. Der Baum ist wichtiger als ich. Er leidet seit ewigen Zeiten. Ich habe doch gespürt wie er leidet! Ich muss ihn erlösen. Ich und Luca, wir sind so unwichtig.

Mit einem Mal katapultiert es Lotta völlig aus ihren Gedanken heraus. Luca! Luca hat es auch gesehen!

Kapitel 22: Lang Lang – Bach: Flute Sonata in E flat Major, BW 1031: II. Siciliano (Transc. Kempff)

Check 22: Du schreibst die Weihnachtskarten – mit deinen schon vorbereiteten Notizen. Sortierst die Geschenke nach Besuchsterminen. Jetzt stehen lauter hübsche Geschenktüten vor dir, die nur darauf warten, mitgenommen zu werden!

Lotta stürzt los. Sie will hier einfach nur weg. Das ist ja total peinlich. Nach der Brücke schlägt sie wie ein wildgewordener Hase Haken. Wohin nur? Es gibt ja keinen Weg raus! Verdammt! Völlig unentschlossen rennt sie verzweifelt um den See herum. Erst rechts. Dann links. Dann Richtung eingebrochener Tunnel.

Da packt Luca sie am Arm. Hält sie fest. Es ist das einzig Richtige. Sich hier und jetzt zu vereinen. Aus diesem Kreislauf des ewigen Lebens auszubrechen. Lotta ist alles, was noch zählt auf dieser Welt. Luca dreht sie zu sich um. Legt eine Hand an ihren Hinterkopf und eine um ihre Hüfte. Schaut ihr so tief in die Augen wie noch nie zu vor. Kommt näher. Und näher.

*Lotta ist Wachs in diesen bestimmenden Armen. Willenlos. Sie legt die Hände an Lucas Wangen. Luca will es auch. Luca will es so sehr wie sie. Sie könnten seit ewigen Zeiten vereint sein. Im letzten Moment schiebt Lotta ihre

rechte Hand über Lucas Mund. Eine Träne läuft ihre Wange herunter. „Es geht nicht Luca." flüstert sie.

„Doch. Du bist die Eine für mich. Seit Monaten. Du bist die Liebe meines Lebens. Du ergänzt meine Seele." Lucas Augen quellen über vor Sehnsucht.

„Du bist es seit Jahren. Aber es geht nicht." Lotta legt ihre Stirn an Lucas Stirn, saugt den Geruch ein. Lässt die Arme sinken und legt die Hände auf Lucas Hüfte. Es ist alles, was sie jemals wollte. Hier, vor ihr, steht es. Zum Greifen nahe. Sie sollte im siebten Himmel schweben und vor Glück platzen. Aber da ist nur tiefer Schmerz in ihr. Ein Schmerz, der sie zerreißen wird. Anstatt eins zu sein, für alle Ewigkeit, wird sie nun für alle Zeit eine zerrissene Seele in sich tragen. Tiefer als alles, was ihr je zugefügt wurde. Tiefer als alles, was man ihr noch antun könnte, wird dieser Riss in ihr überdauern. Und es wird keine Nadel geben die ihn je wieder zusammennäht. Keine Narbe, die im Lauf der Jahre verheilt. Da, tief in ihr drin, wird immer nur dieser Riss sein.

„Seit Jahren? Aber du hattest all diese Typen?" flüstert Luca. Jetzt laufen auch Luca die ersten Tränen herunter. Bei dem Gedanken, wie lange sie schon glücklich sein könnten. Hätten sie doch nur einmal offen gezeigt, was sie füreinander fühlen.

„Es waren Alibimänner. Ich wollte doch wenigstens dem Standard entsprechen, wenn ich dich schon nicht haben konnte. Einen Ehemann finden. Kinder kriegen. Aber es war nie das Richtige. Es fühlte sich immer einfach nur falsch an. Denn keiner davon warst du. Ich liebe dich so sehr. Du weißt nicht, wie es schmerzt. Wie sehr es mir im Herzen weh tut, jetzt all das aufzugeben. Etwas aufzugeben, dass noch nicht einmal begonnen hat."

„Was soll das? Standard sein? Sei mein Glitzereinhorn, kein Standard! Du liebst einen Menschen, so wie alle anderen auf dieser Welt auch. Und du hast, das Glück, dass ich dich zurückliebe." Luca umfasst Lottas Wangen, senkt ihren Kopf leicht und küsst ihr zärtlich auf die Stirn. „Wenn es jetzt im Moment nicht sein soll oder darf, dann eben so. Jetzt lass uns aufhören Trübsal zu blasen. Wir wollten eine Aufgabe erledigen."

„Wo nimmst du nur immer diesen Aktionismus her? Ich würd mich jetzt am liebsten erst Mal für drei Monate hier in die Ecke rollen und heulen."

„Das würde nichts ändern an der Sache. Du hast dich doch entschieden. Du willst den Wunsch ändern und für die Welt verwenden, nicht für dich, nicht für mich. Wer weiß, was danach noch alles auf uns wartet. Ich gebe die Hoffnung nicht auf, in deinen Armen zu landen. Man kann auch ohne magische Wunschkraft zueinander finden. Aber dieser Weg hier scheint für uns nicht der Richtige zu sein. Ich wollte dir seit einem Jahr sagen, dass ich dich liebe. Ich habe den ganzen Weg hier her versucht, es dir zu sagen, oder es dir zu zeigen. Aber immer wieder Angst bekommen, immer wieder auf den Baum gesetzt anstatt auf mich selber. Obwohl wir beide diesen einen Wunsch haben, für immer zusammen zu sein, bekommen wir es ohne Magie nicht hin? Das wäre doch gelacht."

Lotta nimmt Lucas Hände und küsst jede davon zärtlich. „Gut, dann lass es uns angehen. Eigentlich will ich auch gar keine magisch erzeugte Beziehung. Ich will mir sicher sein, dass ich dich will und du mich willst. Aber, ach es wär doch so schön."

„Ja, das wäre es. Aber anders wird's noch viel schöner."

Luca schubst Lotta leicht Richtung Baum.

„Wie machen wir das jetzt?"

„Ich glaub ich weiß, wie es geht, aber ich sollte erst noch mal ein oder zwei Übungsversuche durchführen."

„OK. Was könntest du üben?" Luca denkt intensiv nach. „Wünsch dir einen von Kokopellis Schokoküchlein!"

„Ach Luca, es muss schon ein Herzenswunsch von mir sein!"

„Oh." Luca schaut Lotta völlig ungläubig an. „Ist das nicht dein innerstes Sehnen? Noch so ein Törtchen?"

„Leider nicht."

Lotta stellt sich an den Baum. Legt ihre beiden Hände darauf, legt ihre Stirn an ihn. Sie fühlt wieder seinen tiefen Schmerz. Seine Last. Darum kümmert sie sich gleich. Jetzt erst einmal fühlt sie tief in sich hinein. In ihr Sehnen, ihr Verlangen. Wie sie Luca küsst. Vor einem Kamin liegend. Nackig. Auf einem weichen, weißen Bärenfell. Wie sie sich streicheln. Sich"

„Lotta, hör auf."

Lotta schüttelt sich und blickt nach oben in ihre Kugel. Ja, da läuft der Film ab.

Luca hat völlig gerötete, erregte Wangen und schaut nicht mehr in die Kugel, sondern starrt verzweifelt an die eisige Wand hinter dem Baum. „Wenn ich mir das weiter ansehe pack ich dich auf der Stelle und nehm dich hier auf der Insel." Lucas Finger formen sich zur Faust, gehen wieder auf. Werden wieder zur Faust. Luca atmet tief ein und aus.

Als sich ihre Blicke treffen, funkt es nur so vor Verlangen und Begierde zwischen ihnen. Luca dreht sich sofort wieder weg zur Wand. Atmet. Ballt die Hände zu Fäusten.

Lotta dreht sich zurück zum Baum. Sie muss es jetzt tun. Sie muss dem allen jetzt endlich ein Ende setzen.

Sie fasst wieder den Baum. Lehnt die Stirn an ihn und erfühlt seinen Schmerz.

„Ich werde dir deine Last nehmen. Ich werde dir deinen Schmerz nehmen. Ich werde ihn in mir tragen, bis ans Ende aller Zeiten." Sie spürt wie der Baum unter ihr leicht aufseufzt. Es ist kein Baum. Sie hat keine Ahnung was es ist, aber es ist nicht nur ein Baum.

„Ich wünsche mir, dass die Menschen eigenverantwortlich leben."

In dem Moment, in dem Lotta aus tiefstem Herzen ihren Wunsch an den Baum schickte, fühlt sie unter sich, wie das Wesen sich entspannt. Zum ersten Mal seit Jahrmillionen. Wie die Last von ihm abfällt. Der Schmerz. Wie der Schmerz in sie übergeht. Der Schmerz, alles verloren zu haben, was sie so sehr wollte. Luca verloren zu haben. Der Schmerz, sich selber die Seele zerrissen zu haben, um die Welt zu erlösen. Zu erlösen, von der Abhängigkeit. Jetzt hat jeder Mensch die Pflicht, sich um sein ureigenes Leben zu kümmern, um das eigenständige Erreichen seiner Träume und Ziele. Anstatt immer auf die Erfüllung seines Glückes durch Andere zu warten. Das eigene Leben zu gestalten, sich selber an die Nase zu fassen, wenn etwas schief geht und nicht immer die Schuld auf den Nächsten zu schieben oder Träumen nachzuhängen ohne etwas für deren Erfüllung zu tun.

In dem Moment, in dem der Transfer abgeschlossen ist, lässt Lotta den Stamm los und schaut nach oben. Alle Kugeln sind gefüllt mit regenbogenfarbenem Rauch. Kein einziger

Wunschfilm läuft mehr ab in den Millionen Kugeln des riesigen Baumes.

Es ist vollbracht. Jetzt müssen sie nur hier weg und nach Hause kommen, bevor sie es sich in ihrem Schmerz noch mal anders überlegt.

Kapitel 23: Prokofiev: Cinderella, Op.87 – 19, Cinderella`s Departure fort he Ball

Check 23: Alles ist fertig vorbereitet. Du gönnst dir einen relaxten Wellnesstag zu Hause oder im Spa.

In dem Moment, in dem Lotta diesen Entschluss fasst, tritt plötzlich der alte Magier aus dem Tunnel heraus. Ragnaflok, der Mann den sie immer und immer wieder in ihren Träumen gesehen hat. Milde lächelnd schreitet er auf sie zu.

Ehrfürchtig sinkt er vor ihr auf die Knie, küsst ihre Hand und senkt sein Haupt.

„Lotta. Unsere Erlöserin."

Lotta ist das Ganze total peinlich. Luca hibbelt aber breit grinsend neben ihr von einem Bein aufs andere. Das war klar, dass Luca sowas gefällt.

„Ragnaflok. Steh doch bitte auf!" sagt Lotta und läuft total rot an. „Was soll denn der Kniefall? Ich müsste vor dir Knien. Der große Magier Ragnaflok!"

Schüchtern erhebt er sich. Er ist mindestens anderthalb Köpfe größer als Lotta. So imposant, so eine mächtige Ausstrahlung und doch kniete er vor ihr so ehrfürchtig nieder.

„Du musst vor niemandem auf dieser Welt niederknien Lotta. Nur wenige fanden in all den vielen Jahren den Weg hierher, in meine Höhle. Und nicht einer ließ von den süßen Verheißungen des Baumes ab. Du bist die erste, die ihre Zukunft und ihr eigenes Glück aufgab zum Wohle aller."

„Bis jetzt. Wer weiß was ich noch mache, wenn du mich nicht bald hier rausbringst. Schließlich steht meine süße Versuchung immer noch direkt hier neben mir und mein Herz ist für alle Zeit schmerzhaft zerbrochen." Lotta ist hin und her gerissen zwischen Stolz auf ihre Tat und Trauer über das eigene Schicksal.

„Sorge dich nicht um dein Herz, mein Kind. Es wird sich nicht erinnern."

Lotta schaut ihn völlig verwirrt an. „Wie meinst du das?"

„Ich schicke euch zurück in eure Betten, zu dem Morgen, an dem ihr den Entschluss gefasst habt auf die Reise zu gehen."

Luca schaut ihn entsetzt an. „Wir werden uns an nichts erinnern?"

„Vielleicht habt ihr eine Erinnerung, wie an einen entfernten Traum, der im Morgengrauen verblasst. Vielleicht wisst ihr aber auch von nichts mehr. Es ist bei jedem anders."

„Ja, aber was wird dann aus meinem Wunsch? Ich habe ihn geändert. Was wenn ich mich nicht erinnere und mir in den nächsten zwei Wochen etwas anderes Wünsche?"

„Das wird nicht passieren, du hast den Zauber durchbrochen. Sobald ihr die Höhle verlasst, wird die Zeit weiterlaufen und der Wunsch sich über die Welt ausbreiten. Der Baum springt nicht in Zeit und Raum. Er steht außerhalb von allem."

„Was ist der Baum? Er lebt. Ich habe es gespürt."

„Es soll der schlafende Rest von Terrestika sein. Ob das stimmt, weiß ich nicht. Es redet nicht mit mir. Ich war nur der Wächter."

„Was wird dann jetzt aus dir?"

„Wie alle anderen Helfer des Weges, neigt sich mein langes Leben nun dem Ende zu. Ich werde die Magie des Weges aufheben und dann endlich in die wabernde Masse der Urseele eintauchen."

Ragnaflok legt den Arm um Lottas Schulter und führt sie langsam Richtung Wasserfall.

„Sei nicht traurig, Lotta. Du tötest mich nicht. Du erlöst mich. Ich hatte ein sehr langes Leben, ich freue mich darauf weitergehen zu dürfen."

„Ich weiß, aber ich werde die Träume mit dir vermissen. Ich mochte sie."

„Es waren keine Träume!" Ragnaflok lächelt ihr augenzwinkernd zu. Er greift in seine Umhangtasche und holt ein glitzerndes Pulver daraus hervor.

Lotta schaut ihn misstrauisch an. „Ich hätte gar nicht den weiten Weg hier her laufen müssen?"

„Nein. Du hättest einfach nur eintreten können. Du bist so außergewöhnlich, so eng mit dem Baum verbunden, dass du dich einfach her und wieder weg träumen kannst."

„Meinst du, ich komme wieder?"

„Ich denke, ja. Ich denke, du wirst nach dem Baum sehen, ab und an, wenn ich nicht mehr da bin."

„Was ist das in deiner Hand?"

„Das ist Vergessenspulver aus der Baumrinde. Ohne einen Puster davon kann ich euch nicht losschicken. Aber keine Angst, es tut nicht weh und wirkt erst wenn ihr zurück seid."

„Wie kommen wir zurück?"

„Ihr springt in den Wasserfall. Er bringt euch durch Raum und Zeit wohlbehalten in eure Betten."

„Nein, ich spring da nicht rein." protestiert Luca.

„Sicher? Der Rückweg hat keine Magie. Willst du wirklich den Gang frei buddeln und dann zu Fuß bis ganz zurück laufen?"

„Nein. Aber ich will auch nicht in dieses endlose Loch springen."

„Komm schon, Luca, das wird so schlimm nicht sein. Ich vertraue Ragnaflok voll und ganz. Das wird bestimmt lustig. Wie Bungee Jumping."

„Ich seh da noch nicht mal ein Ende. Da fall ich wahrscheinlich und falle und falle und am Ende klatsch ich da unten auf den Felsboden."

„Da führt jetzt kein Weg dran vorbei. Entweder springen oder draußen erfrieren. Soll ich zuerst oder soll ich dich schubsen?"

„Können wir da nicht zusammen rein? Hand in Hand?" Luca schaut noch einmal ängstlich in die Tiefe. Allein bei dem Gedanken da rein zuspringen rumort alles in Luca.

„Was ist wenn wir den Regenbogenfall berühren?"

„Das macht nichts. Eure Seele löst sich erst im Tod von euch. Ihr werdet nicht als Zombies erwachen." Ragnaflok blinzelt Lotta zu.

„Dann könnten wir in den See fassen?" fragt Lotta neugierig.

„Wenn du magst, ja."

Lotta kniet sich auf den Boden und taucht ihre rechte Hand in den See. Es fühlt sich an als würde sie durch dicken, warmen Nebel greifen. Sie kann kleine Hände voll davon hochheben und sie in den See zurückfließen lassen.

Fasziniert steckt sie den ganzen Unterarm hinein. Und schaut zu, wie die Farben sich um sie winden, sie zu sich zurückholen wollen. Aber ihr Herz will nicht dort hinein. Ihr Herz will einfach nur zu Luca. Sie will nicht mehr im ewigen Kreislauf gefangen sein. Sie will mit Luca zusammen die Ewigkeit genießen.

Traurig steht sie wieder auf. Das wird wohl nun nicht mehr passieren. Aber wenn Ragnaflok Recht hat, dann erinnert sie sich ja an nichts mehr.

*„Los Luca. Gib deine Hand her."

„Okay." Luca hat noch nie so ungern Lotta berührt wie in diesem Moment.

Ragnaflok tritt vor sie und pustet ihnen eine Prise Glitzerpulver ins Gesicht. Luca muss niesen. Lotta reibt sich die Augen. Ragnaflok gibt Lotta noch ein Küsschen auf die Wange und tritt zurück. Lotta und Luca stehen unsicher am Abgrund.

„Auf drei!" sagt Lotta. „Auf drei." bestätigt Luca.

„Eins. Zwei. DREI!"

Lotta springt freudig quietschend in ihr Verderben. Luca lässt los, erschrickt und springt schreiend hinterher. „Warte auf mich Lotta!"

Lotta segelt gemütlich am Wasserfall entlang. „Wie soll ich auf dich warten?" kichert sie nach oben. Wie ein Blatt im Wind schaukelt sie gemächlich nach unten. Von dem Geschaukel wird ihr ganz schummrig im Hirn. Ihr fallen langsam die Augen zu, wie einem kleinen Baby im Arm. So wohlig fühlt sie sich auf ihrem langen Weg den Wasserfall hinab. Ab und zu öffnet sie die Augen noch mal kurz, bis sie im völligen Tiefschlaf versinkt.

Kapitel 24: Amelie-Comptine d´Un Autre Été – Yann Tiersen-Classical Guitar

Check 24: Genieße den Tag und Frohe Weihnachten!

Lotta erwacht in ihrem Bett. Das war ein sehr seltsamer Traum. Sie schaut auf den Wecker, es ist noch mitten in der Nacht und heute ist Lucas Geburtstag. Es war echt nur ein Traum. Schade.  Das wär echt ein tolles Erlebnis gewesen! Sie muss sich mal an diese Schokotörtchen machen. Das ist eine super Rezeptidee! Das wär sicher eine super Leckerei für Luca.

Sie dreht sich um, um noch ein bisschen zu schlafen, bevor sie ins Büro muss. Sonst sieht sie später auf Lucas Party aus wie ein Zombie. Und heute nimmt sie das Ganze in die Hand. Ohne Kuss geht sie nicht von der Party nach Hause!

Da hört sie etwas am Rosenspalier knarzen. Fing so nicht auch ihr Traum an?

Sie springt aus dem Bett und öffnet das Fenster. Da klettert tatsächlich Luca zu ihr nach oben. Luca ist noch nicht mal ins Zimmer geklettert, da sprudelt es schon los.

„Lotta, Lotta, ich hatte einen total abgefahrenen Traum! Wir waren am Baum der Wünsche."

„Ja, so einen Traum hatte ich auch! Ich versuch gleich heute mal Heidelbeerschokomuffins zu backen." Lotta lacht. „Mir läuft das Wasser im Mund zusammen, wenn ich nur daran denke!"

Endlich ist Luca ins Zimmer geklettert.

Im Einklang, könnten sie ihre Gedanken hören, geht ihnen ein „Scheiß doch auf Kim. Scheiß auf Anpassung." durch den Kopf.

*Lotta nimmt Lucas Hände. Luca zieht Lotta an sich heran. Sie sehen sich in die Augen. Zum ersten Mal sehen sie sich wirklich in die Augen. Die ganze Welt liegt in ihnen. Alles was sie suchen. Alles was sie wollen. Alles was sie brauchen.

Luca lässt Lottas Hände nicht los und zieht sie immer näher zu sich heran. Lottas Herz schlägt bis zum Hals. Es ist das Richtige! Es ist das einzig Wahre! Sie schließt ihre Augen und kommt Luca auf den letzten Millimetern entgegen.

In dem Moment, da ihre Lippen sich berühren hört die Welt um sie herum auf, sich zu drehen. Es ist die Erfüllung all dessen was sie sich wünschten. Der Beginn von etwas Magischem. Mit einem Schlag ist der Zauber des Vergessenspulvers gebrochen. Lottas Herz zerbricht erneut vor Trauer und explodiert vor Freude in derselben Sekunde. Begehrend presst sie sich noch näher an Luca. Endlich. Endlich ist es soweit! Endlich sind sie eins. Vereint bis ans Ende aller Zeit.

Luca schiebt fordernd die Hände unter Lottas Shirt. Und bugsiert sie Richtung Bett. Doch Lotta hüpft erschrocken einen Schritt zurück. Luca schaut sie verständnislos an.

„Es ist alles wahr! Es war kein Traum!" stottert Lotta entsetzt.

„Sieht so aus. Jetzt komm her!" Luca zieht sie an der Hand wieder zu sich.

„Nein, warte. Ich muss erst noch etwas checken." Sie nimmt Luca in den Arm so fest sie kann, schließt die Augen und denkt an den Baum der Wünsche. An die Höhle. An Ragnaflok.

Sie öffnet die Augen wieder und da stehen sie. Am Baum der Wünsche. Ragnaflok sitzt am Ufer des Sees und lässt die Füße darin baumeln. Er strahlt die beiden an. Rechts und links von ihm sitzen auch alle anderen. Jeder, dem sie auf dem langen Weg begegneten, sitzt da und lässt die Füße in den See baumeln.

Lotta schaut nach oben in den Baum. Ja, die Kugeln sind immer noch regenbogenfarben gefüllt. Es ist alles in bester Ordnung hier am Baum.

Sobek winkt Lotta. „Es war mir eine Ehre, dich zu fahren." Dann gleitet er in den See und löst sich darin auf. Die Anderen folgen ihm. Ragnaflok sitzt am längsten dort am Rand des Sees. Als könnte er sich einfach nicht von seiner Höhle lösen. Tränen stehen in seinen Augen. „Du bist eine

würdige Nachfolgerin. Ich bin so stolz auf dich."
Dann lässt auch er sich in den See gleiten.

Lotta ist tief ergriffen, sie hat es geschafft. Der
Wunsch für die Welt hat sie alle erlöst.

Sie schaut Luca an. „Jetzt bleibe ich bei dir."

Sie versinken in einem endlosen, zärtlichen Kuss.

Kokopellis Traumtörtchen

Für 12 Muffins: (30 Minuten Arbeitszeit +
Kühlzeit)

Zutaten Muffins:

125g Margarine (wichtig für die Fluffigkeit
– Butter geht auch wird aber weniger
fluffig)
150g Zucker
1,5EL Kakao
50ml Wasser
2 Eier
125g Mehl
2TL Backpulver
½ Päckchen Vanillezucker

Zutaten Füllung:

17g Speisestärke
60g Zucker
1 Eigelb
250ml Milch
1/3 TL Vanillepaste oder 1 guter TL
Vanilleessenz
2 Blatt Gelatine
100-200ml Schlagsahne
1 Schälchen (48-60 Stück) Heidelbeeren
(ca. 4- 5/Muffin)

Zutaten Zitronenglasur:

50g Puderzucker
1EL Zitonensaft
Etwas heißes Wasser
1TL geschmolzene Butter

Muffins vorbereiten

- Margarine mit Zucker, Kakao und Wasser aufkochen und wieder etwas abkühlen lassen.
- Ofen auf 175° Umluft vorheizen
- Restlichen Zutaten nach und nach einrühren.
- Der Teig ist recht flüssig
- Auf Muffinförmchen verteilen und ca 20 Minuten backen

Cremefüllung zubereiten/Muffins füllen:

- Stärke und Zucker mischen
- Mit etwas Milch zu einem dickflüssigen Brei verrühren
- Eigelb untermischen
- Gelatine einweichen
- Restliche Milch mit Vanille aufkochen
- Heiße Milch in zwei bis drei Portionen zur Eigelb-Stärke-Mischung gießen und verrühren
- Eiermilch zurück in den Topf
- Auf mittlerer Stufe unter ständigem Rühren erwärmen (nicht kochen) bis eine dickliche Creme/Pudding entsteht
- Heiße Creme durch einen Sieb geben um Eigelbstückchen herauszufiltern
- Gelatine ausdrücken und unter die Creme rühren

- Mit Frischhaltefolie abdecken um Hautbildung zu vermeiden und abkühlen lassen
- Sahne steif schlagen und unter die kühle Creme heben
- Nochmals kühlstellen, bis die Creme streichfähig ist
- Muffins quer halbieren
- Unterseite mit der festwerdenden Masse bestreichen
- Heidelbeeren darauf streuen
- Noch mal etwas Masse darüber streichen
- Deckel wieder aufsetzen
- Kühl stellen bis Creme durchgeliert ist

Glasieren:
- Alle Zutaten verrühren (so viel heißes Wasser nehmen bis eine streichbare Masse entstanden ist)
- Muffins mit Glasur bestreichen

Kokopellis Bauernbrot

Für ein Brot (1,5 Stunden)

25g Walnüsse
25g Cashewnüsse
50g Haferkörner
50g Sonnenblumenkerne
375ml Wasser
50g Haselnüsse
500g Vollkornweizenmehl
100g Roggenvollkornmehl
1Würfel Hefe
1EL Honig
1EL Salz

- Nüsse und Körner in einer Pfanne ohne Fett rösten, bis sie duften
- Hefe in etwas Wasser auflösen
- Mehl in Schüssel geben und Honig/Salz und Hefewasser in eine Mulde geben und etwas Mehl in das Hefewasser rühren
- 15 Minuten gehen lassen
- Kerne und restliches Wasser zugeben und verkneten
- 1 oder 2 Brotleibe daraus formen und aufs Blech legen
- 15 Minuten gehen lassen – währenddessen den Ofen vorheizen: Ober-Unterhitze 200° und eine feuerfeste Schüssel mit Wasser auf den Ofenboden stellen

- Brot auf unterster Schiene 50 Minuten über der Wasserschüssel backen
- Aus dem Ofen holen und rundum mit Wasser einpinseln

Brizos Kartoffelsuppe

Für 2 Portionen (45 Minuten):

500ml Wasser
3-4 Kartoffeln
1 Karottte
1/3 Sellerie
½ Kohlrabi
1 Stange Lauch
Salz/Pfeffer
Majoran
Würstel der Wahl (Wiener, Krakauer,
Vegetarisch)

- Gemüse in grobe Stücke schneiden
- Gemüse mit ca 500ml Wasser bissfest – weich kochen
- Gemüse pürieren bis zur gewünschten Stückigkeit
- Würstel in extra Topf warm machen
- Suppe mit Salz, Pfeffer und Majoran abschmecken

Brizos Wanderriegel

Für eine Portion (1 Stunde):

> 1,5 große reife Bananen
> 100g Haferflocken
> 10g gehackte Mandeln
> 10g getrockente Aprikosen
> 10g getrocknete Datteln
> ¼ TL Vanilleextrakt
> ½ TL Zimt

- Datteln und Aprikosen klein schneiden
- Bananen pürieren
- Alle Zutaten miteinander vermengen
- Eventuell noch Wasser zugeben, wenn es zu trocken wird
- Ofen auf 180° Ober-Unterhitze vorheizen
- Mischung in gewünschter Müsliriegeldicke auf ein mit Backpapier ausgelegtes Blech aufstreichen
- 25-35 Minuten backen
- Warme Platte in gewünschte Riegelgröße schneiden

Ilmatars Schokohörnchen

Für 12 Hörnchen (50 Minuten):

60g Zucker
1 Vanillezucker
6EL Milch
5EL Öl
125g Magerquark
200g Mehl
2TL Backpulver
3EL Schokolade

- Schokolade hacken
- Zucker, Vanillezucker, Milch, Öl und Quark verrühren
- Mehl und Backpulver unterkneten
- Schokolade unterkneten
- Ofen auf 180° Umluft vorheizen
- Teig zu 3mm dickem Rechteck ausrollen
- In 6 Rechtecke schneiden
- Die Rechtecke zu 12 Dreiecken halbieren
- Dreiecke zur Spitze hin aufrollen und zu Hörnchen biegen
- 20 Minuten auf mittlerer Schiene backen

Ilmatars Karotten-Süsskartoffelsuppe

Für 2 Portionen (45 Minuten):
500g Karotten
250g Süßkartoffel
750ml Gemüsebrühe
½ Zwiebel
½ Bund krause Petersilie
1,5 EL Tomatenmark
Olivenöl
1 Becher Crème Fraiche
½ TL Ingwerwurzel
½ TL Paprikapulver
½ EL Currypulver
Salz/Pfeffer

- Karotten und Süßkartoffel schälen
- Karotten und Süßkartoffel in Würfel schneiden
- Zwiebel und Petersilie fein hacken
- Zwiebel in Olivenöl glasig dünsten
- Tomatenmark zugeben und kurz rösten
- Karotten- und Süßkartoffelwürfel zugeben und kurz rösten
- Gemüsebrühe angießen
- Bei mittlerer Hitze ca 30 Minuten köcheln bis alles weich ist
- Pürieren
- Ingwer, Curry, Paprika, Crème Fraiche und Petersilie dazugeben. Mit Salz/Pfeffer abschmecken

Sobeks Lachs

Für 2 Portionen (30 Minuten + Marinierzeit):

    2 Stücke Lachs
Marinade:
    1 Knoblauchzehe
    Ingwer
    1 EL Zitronensaft
    ½ EL Garam Masala
    ½ EL Kreuzkümmel
    ¼ TL Cayennepfeffer
    2 EL Crème fraiche
    2 EL Olivenöl
Sauce:
    ½ Bund Frühlingszwiebel
    Etwas Weißwein
    100g Sahne
    Salz/Pfeffer
Beilage: Reis

Lachs marinieren:

- Lachs beidseitig salzen und in Form legen
- Knoblauch und Ingwer fein reiben
- Knoblauch, Ingwer, Zitronensaft, Olivenöl, Garam Masala, Kreuzkümmel, Cayennepfeffer mischen
- Lachs mit Marinade bestreichen
- 1 EL Crème Fraiche auf jedes Stück Lachs geben

- Abdecken und mindestens 45 Minuten marinieren lassen

Zubereitung:
- Frühlingszwiebel in Ringe schneiden
- Reis kochen
- Lachs von beiden Seiten in Pfanne anbraten
- Frühlingszwiebel in eigener Pfanne anschwitzen
- Mit Wein ablöschen
- Sahne zugeben
- Einkochen lassen
- Mit Salz und Pfeffer abschmecken
- Wenn gewünscht durch Sieb passieren oder einfach so essen

Sobeks Malzbrot

Für 1 Brot (15 Minuten + 6 Stunden zum Ziehen und Gehen + 45 Minuten backen)

> 250g gemischte Körner (z.B.
> Sonnenblumenkerne / Leinsamen / Hafer
> / Kürbiskerne / Chiasamen / etc.)
> 0,33l Malzbier
> 250g Roggenvollkornmehl
> 250g Dinkelvollkornmehl
> 1 Päckchen Sauerteig
> 3TL Salz
> 1TL Trockenhefe
> 1TL Backmalz
> 200ml Wasser

- Körnermischung in Schüssel geben
- Malzbier erhitzen aber nicht kochen
- Heißes Malzbier über Körnermischung geben und abgedeckt 2 Stunden ziehen lassen, bis das Malzbier aufgesogen ist

- Körner und restliche Zutaten zu einem Teig kneten
- 30 Minuten abgedeckt gehen lassen
- Teig in zwei kleine Brote formen und auf Backblech 2-3 Stunden gehen lassen
- Ofen auf 250° Ober – Unterhitze einstellen und feuerfeste Form mit Wasser auf den Ofenboden stellen
- Brot in den aufgeheizten Ofen geben
- Nach 10 Minuten kurz heiße Luft rauslassen und auf 220° stellen zum weiterbacken
- Nach weiteren 15 Minuten wieder kurz aufmachen und auf 190° zu Ende backen (nochmal 20-30 Minuten)

Prometheus Butterbier

Für 4 Tassen (15 Minuten):

6EL Zucker
100g Butter
1 Beutel Vanillezucker
1EL Zimt
250ml Malzbier
500ml Milch

- Zucker und Butter in Topf erhitzen bis es karamellfarbig wird
- Auf niedrigster Stufe weiterkochen lassen
- Zimt, Vanille und Malzbier (SCHÄUMT!) zugeben
- Milch zugeben
- Warm trinken

Prometheus Spätzle mit Entenbrust

Für 2 Portionen (1,5h):

Spätzle:

      170g Mehl

      2 Eier

      30-60ml Wasser

      1/3 TL Salz

      Etwas Öl fürs Kochwasser

      Viel Butter

Ente:

      1 Entenbrust

      Salz/Pfeffer

      ½ l Wasser

      1 TL Beifuß

      2TL Gemüsebrühepulver

      1 Zwiebel

      1TL Tomatenmark

Rotkraut: aus der Tiefkühltheke – aber gerne kannst du hier auch ein eigenes Rezept verwenden

Zubereitung:

- Zwiebel kleinschneiden
- Ofen auf 180° Umluft vorheizen
- Brust auf nicht Hautseite mit Salz und Pfeffer würzen
- Mit Hautseite nach unten im Bräter das Fett ablassen
- Danach wenden und 2 Minuten kräftig anbraten

- Ente rausnehmen und Fett abgießen (wird nicht mehr gebraucht)
- Ente mit Hautseite nach oben wieder in den Bräter
- Zwiebeln dazu und glasig dünsten
- Mit Wasser ablöschen
- Brühe, Tomatenmark und Beifuß zugeben
- Kräftig mit Salz und Pfeffer würzen
- Deckel drauf und 60 Minuten in Backofen stellen

Währenddessen die Spätzle machen:
- Mehl, Eier, Wasser, Salz kneten bis ein zäher Teig entsteht
- Großen Topf mit Salzwasser und Öl aufkochen
- Spätzle ins kochende Wasser reiben
- Spätzle abschöpfen

So 15 Minuten vor Bratende:
- Rotkraut auftauen/erhitzen (ein Schuss Rotwein und Lebkuchengewürz schaden nicht)
- Spätzle mit viel Butter in Pfanne anbraten
- Kurz vor Bratende Grill auf 220° vorheizen
- Ente aus dem Ofen holen
- Ente ca 5 Minuten braun grillen (Achtung unbedingt beobachten)
- Währenddessen die Flüssigkeit auf der Herdplatte mit Mehl bestäuben
- Volle Hitze und aufkochen
- Mehl mit Schneebesen unterrühren bis die Soße schön sämig ist

- Soße passieren
- Ente halbieren und mit Spätzle, Soße und Rotkraut anrichten

Prometheus Keksdessert

Für 4-5 Gläser (30 Minuten):

½ Becher Schlagsahne
½ Packung Sahnesteif
125g Mascarpone
125g Frischkäse
250g Quark
40g Zucker
1 Packung Oreo-Kekse

Zubereitung:
- Oreo-Kekse kleinhacken
- Sahne mit Sahnesteif steif schlagen
- Mascarpone, Frischkäse, Quark und Zucker verrühren
- Steife Sahne unterheben
- Kekse und Creme abwechselnd in Gläser schichten
- Kann sofort gegessen werden oder gekühlt aufheben bis zum großen Moment